Le créateur d'opportunités

Georges Gibbs

Writat

Cette édition parue en 2023

ISBN : 9789359256016

Publié par
Writat
email : info@writat.com

Contenu

CHAPITRE I

Il était deux heures. M. Mortimer Crabb repoussa la chaise de son plateau de petit-déjeuner et prit langoureusement le journal du matin. Il avait la réputation (dont il se réjouissait) de demeurer dans un château de l'indolence, et prenait un soin particulier à ce qu'aucun de ses actes ne la démente. Il y avait des gens qui souriaient de ses affectations, car il avait un studio au-dessus d'une écurie dans l'une des rues transversales de la ville , où il traînait la plupart de ses journées, allongé dans son fauteuil. L'époque était à l'athlétisme, et M. Crabb était devenu en public l'apôtre et le grand prêtre de la flaccidité. Il haussa un sourcil dédaigneux au tennis, dénigra d'une voix traînante le polo et les raquettes et recula à la simple mention du football universitaire. Mais ceux qui étaient les plus en faveur de Crabb savaient qu'il y avait des soirées où il rencontrait des pugilistes professionnels dans ce même sanctuaire de l'esthétisme , qui, moyennant une généreuse compensation, égalaient leurs compétences et leur poids aux siens.

Il n'était pas non plus un méchant antagoniste dans la conversation. Car M. Crabb avait une manière lente et plutôt hésitante de faire les remarques les plus spirituelles et les plus tranchantes, et un style parfaitement adapté à une table de dîner réussie. Et lorsqu'une société rassasiée exigeait quelque chose de nouveau, c'était vers Crabb qu'elle se tournait pour obtenir une suggestion. Le bal de Mme Ryerson à Gainsborough, le remarquable dîner des huissiers de Jack Burrow et le thé pour chien de compagnie dans la maison de campagne de Mme Jennings étaient des fantasmes de l'esprit de ce prêtre John des décadents. Lorsqu'à ces talents remarquables s'ajoute un yacht et cent cinquante mille dollars par an, il est facile de voir que M. Mortimer Crabb était une personne importante, même à New York.

M. Crabb a parcouru les gros titres du *Sun* , tandis que McFee attachait ses bottes. Mais son regard tomba sur un objet qui le fit se redresser et laisser tomber son monocle.

"H—m!" marmonna-t-il d'un ton étrange. « Alors Dicky Bowles rentre à la maison ! »

Il regarda à nouveau l'objet et lut en fronçant les sourcils.

« En raison de la nécessité du départ immédiat du futur marié pour l'Europe, le mariage de Mlle Juliet Hazard, fille de M. Henry Hazard, avec M. Carl Geltman aura lieu le mercredi 20 juin, au lieu du mois d'octobre, comme le précise le communiqué. mois initialement sélectionné.

L'expression de Crabb avait subitement subi un changement surprenant, inconnu dans les milieux platoniciens du Bachelors' Club. Les sourcils emmêlés, la mâchoire inférieure saillante, tandis que les pieds qui étaient sortis langoureusement du vestiaire quelques instants auparavant, avaient participé tout à coup aux impulsions qui dominaient tout le corps. Il se leva brusquement et fit quelques tours rapides dans la pièce.

"Donc! Ils n'ont pas osé attendre ! Pauvre petite Julie ! Il devrait y avoir de meilleures choses en réserve pour elle que cela ! Et Dicky ne sera là que jeudi matin ! C'est trop évident : la hâte.

Il se laissa tomber sur sa chaise, reprit le journal et relut l'article. Le vingt juin ! Et aujourd'hui, c'était dimanche 17 juin ! Geltman n'avait pas pris plus de risques que ne l'exigeait la décence. Crabb se souvenait du résultat désastreux des aventures de Hazard à Wall Street, et les rumeurs couraient que, sans Carl Geltman , la société Hazard and Company aurait depuis longtemps cessé d'exister. C'était facile à lire entre les lignes du paragraphe du journal. Entre la ruine de la fortune de son père et la sienne, le devoir ne laissait à Juliet Hazard aucun choix. Et voilà que Dicky Bowles revenait sur l'océan pour réclamer les siens. C'était monstrueux.

M. Crabb posa le papier et parcourut à nouveau le sol. Puis il se dirigea vers la fenêtre et se retrouva bientôt souriant sur les toits des cabines.

"C'est justement ça", dit-il. « La chose même. Cela vaut la peine d'essayer en tout cas. Jepson vous aidera. Et quelle alouette ! Et puis à voix haute :

« McFee, appela-t-il, trouvez-moi un fiacre.

M. Carl Geltman était assis dans son bureau en chêne chanfreiné et souriait à une photographie sur son bureau, conscient de rien d'autre que de l'extase sourde qui imprégnait sa vaste personne et l'aveuglait à tout sauf à la contemplation de ses noces imminentes. La chaîne de montre tendue entre les poches de son gilet donnait d'une manière ou d'une autre l'impression d'une tension d'émotions réprimées, qui menaçaient d'éclater. Son visage rubiconde respirait le plaisir et ses doigts courts caressaient sa moustache blonde. Il lui était difficile de comprendre que toutes ses ambitions allaient se réaliser d'un seul coup. Bien entendu, l'argent permettrait d'acheter presque tout à New York, mais M. Geltman avait à peine osé en rêver. Jusqu'à ce qu'il ait vu Miss Hazard, il n'avait jamais pensé au mariage. Après l'avoir vue, il n'avait pensé à rien d'autre.

Après avoir travaillé tard dans son bureau, Geltman a dîné seul dans un restaurant à la mode en état de béatitude, puis a allumé son cigare et s'est dirigé vers Broadway pour prendre une bouffée d'air avant de se coucher. Plus tôt il dormirait, plus tôt le jour de son mariage se lèverait. Mais l'éclat des lumières le distrayait, les cloches tintaient en désaccord avec son humeur, alors il chercha une rue latérale et se dirigea vers la rivière, où il pourrait continuer ses rêves en silence, jusqu'à ce que la rue pressée soit loin derrière.

Il avait atteint un endroit entre de grands entrepôts ou des usines lorsqu'il se sentit saisi par derrière par des bras puissants, et avant qu'il puisse pousser un cri, quelque chose de doux lui fut introduit dans la bouche et il eut une vague sensation d'obscurité soudaine, de mains pas trop tendres. le soulevant dans une voiture, un bref ordre chuchoté, un trajet précipité, encore plus porteur, le bruit du clapotis de l'eau et des cloches des navires, le battement des pagaies du ferry, le mouvement d'un bateau et l'air nocturne humide de la rivière à travers son corps mince. vêtements de soirée.

Lorsque Geltman ouvrit les yeux, c'était pour les fixer d'un air un peu ennuyeux sur les poutres du pont d'un yacht. L'eau qui coulait à côté envoyait des reflets rapides danser sur leurs surfaces polies. Au début, il lui vint à l'esprit qu'il se trouvait sur un bateau à vapeur. Avait-il été marié, et était-ce… ? Il regarda autour de. Non. C'était un bon marin, mais le navire roulait et tanguait brusquement d'une manière à laquelle il n'était pas habitué. Il se remit en position assise et essaya de reconstituer les restes brisés de ses souvenirs. Il se sentait étrangement stupide et inerte. Depuis combien de temps était-il allongé sur la couchette ? Il remarqua qu'il était très convenablement vêtu d'un pyjama – un pyjama très fin, qui était aussi en soie, comme il le portait lui-même. Sur le banc recouvert de cuir en face se trouvait un costume de flanelle soigneusement plié, des chaussures de toile blanche, des bas sur le pont et d'autres sous-vêtements inconnus disposés sur des crochets près de la porte de la cabine.

Il se releva brusquement, son esprit essayant d'appréhender la situation. Il se dirigea vers le hublot et regarda dehors. C'était un désert de couleur ambrée et blanche, plutôt déroutant et terrifiant vu de si près, car Geltman avait été habitué à observer l'océan depuis la sécurité de cinquante pieds de franc-bord. Au loin, là où les crêtes des vagues bondissantes rencontraient la ligne du ciel, il pouvait à peine distinguer le bleu pâle de la terre. Il fut pris d'une terreur soudaine et, se retournant, il courut vers la porte de la cabine et essaya de l'ouvrir. C'était verrouillé. Il se jeta dessus et cria à haute voix, mais sa voix se perdit dans le courant du vent et de l'eau au dehors. Son œil désespéré se posa à ce moment sur un bouton-poussoir placé à côté de la couchette. Il le toucha du doigt et attendit anxieusement. Il n'y avait aucun son. Il s'assit sur le bord de la couchette, conscient d'un vent froid soufflant sur ses orteils nus et d'une douleur sourde qui annonçait le manque de nourriture ou de boisson, ou les deux. Il sonna de nouveau et recommença à crier. En un instant, il y eut le bruit d'une clé dans la serrure, la porte s'ouvrit et une personne sobre et rasée, portant des boutons de cuivre, se tenait dans la porte.

"Avez-vous sonné, monsieur?" » dit l'homme respectueusement.

"Je l'ai fait", a déclaré Geltman avec colère.

"Oui, monsieur", dit l'homme. "Puis-je vous apporter quelque chose, monsieur?"

« Pouvez-vous me trouver… ? » commença Geltman déconcerté . « Y a-t-il quelque chose que tu *ne peux pas* m'obtenir ? Apportez-moi de la nourriture – mes propres vêtements – et sortez-moi – sortez-moi – de là. Où suis-je? Qu'est ce que je fais ici?"

« Vous dormiez, monsieur, dit l'homme imperturbable. "Je pensais que tu ne souhaiterais peut-être pas être dérangé."

Geltman regarda de nouveau autour de lui comme s'il ne voulait pas croire à l'évidence de ses sens. Il vit que l'homme gardait la main sur la porte et le regardait attentivement.

« J'ai été drogué et shanghaié. De quel bateau s'agit-il ? Où sommes-nous?"

« Nous sommes en mer, monsieur », dit doucement l'homme. "Au large de Fire Island, je crois, monsieur."

« Fire Island », s'écria-t-il, « et ceci… » alors que la mémoire revint avec une horrible précipitation – « quel jour sommes-nous ? »

« Mercredi 20 juin », répondit calmement l'homme.

Geltman leva les mains vers les poutres du pont et s'effondra sur la couchette, au bord de l'effondrement. Il s'en souvenait maintenant : c'était le jour de son mariage !

CHAPITRE II

Alors que le brouillard sur sa mémoire pesait encore lourdement , il leva la tête vers l'homme à la porte de la cabine. Cette personne le regardait avec pitié et avait fait un pas en avant dans la pièce.

"Dois-je vous apporter quelque chose, monsieur?" répétait-il.

Geltman se leva d'un bond chancelant.

«Non», cria-t-il. "Je vais m'en sortir."

"En pyjama, monsieur?" » dit l'homme avec reproche.

Geltman baissa les yeux sur le fragile vêtement en soie.

"Oui, en pyjama", cria-t-il avec chaleur. Et avec une imprécation, il dépassa le domestique indigné et se précipita à travers le salon et remonta le compagnon. Alors qu'il levait la tête et les épaules au-dessus du pont , il fut immédiatement conscient d'un vent glacial qui chantait bruyamment à travers le gréement. Un homme, en costume croisé et casquette de yachting, se tenait à l'arrière, pointant un télescope vers une goélette lointaine. À ses côtés se trouvait un homme petit et très trapu, avec une barbe rousse touffue et des boutons en laiton.

« Quel est le sens de cet outrage ? » cria-t-il en s'adressant sauvagement à l'homme à la casquette de yachting. « Êtes-vous le propriétaire de ce yacht ?

Le monsieur baissa calmement son télescope, le passa à l'homme barbu, se tourna doucement vers l'apparition ébouriffée et le regarda de la tête aux pieds tandis que le vent sportif dessinait allègrement la silhouette généreuse de Geltman .

"Je dis, vieil homme," dit-il en souriant, "ne ferais-tu pas mieux d'enfiler des vêtements?"

« C... les vêtements soient... » bavarda Geltman . « J'ai été drogué, kidnappé et shanghaié ! Quelqu'un va être intelligent pour ça. Qui es-tu? Qu'est-ce que ça veut dire?"

Le brasseur enragé, avec ses bras agités, son mince vêtement flottant, son visage enflammé et ses cheveux ébouriffés, présentait l'apparence la plus folle imaginable. L'homme à la casquette de yacht affichait une expression de commisération et échangeait un regard significatif avec l'homme à la barbe rousse.

« Voilà, dit-il en levant une main protestataire, nous sommes tous vos amis à bord ici. Vous ne courez aucun danger, sauf... » Il sourit au costume du brasseur – « sauf un gros rhume.

« Que signifie cet outrage ? s'écria de nouveau Geltman . « Vous en souffrirez. Tant qu'il me reste un dollar dans le monde… »

« Vous ne voulez vraiment pas dire cela », a déclaré le monsieur. "Allez en bas maintenant, c'est un brave garçon, prenez le petit-déjeuner et des vêtements."

"Non, je ne le ferai pas", dit le brasseur dans une syncope glaciale. "Je m'appelle Carl Geltman , de Henry Geltman and Company, et je veux une explication sur cet outrage."

Les deux hommes échangèrent un autre regard, et celui à la barbe rousse se tapota le front à deux reprises avec un index émoussé.

"Je n'ai pas la moindre idée de ce dont vous parlez, M. Fehrenbach ", dit calmement l'homme à la casquette de yachting.

« Fehrenbach ! » s'écria le brasseur. "Je ne m'appelle pas Fehrenbach !" il a crié. « Otto Fehrenbach est dans l'East Side. Je suis à l'Ouest. Je m'appelle Geltman , je vous le dis !

L'homme en bleu regarda gravement le brasseur étonné et poussa une cloche sur le côté de la lucarne de la cabine.

"C'était l'un des symptômes, Weckerly", dit-il à part à l'homme à la barbe rouge.

"Oui, docteur", dit l'autre d'un ton interrogateur. "L'air marin devrait lui faire beaucoup de bien."

Geltman , maintenant déconcerté, mou et très alarmé, se laissa conduire en frissonnant en bas par les deux marins en chemise bleue. Là, il trouva le steward dans la cabine avec un verre, des flanelles bleues et un garçon préparant un petit-déjeuner chaud dans le salon. Il s'est habillé. A table, il se découvrit un appétit que même son esprit troublé n'avait pas apaisé. Un café chaud et un cigare complètent sa rééducation. Sa situation aurait été une agréable plaisanterie si elle n'avait pas été si tragique. Il en avait suffisamment appris pour se sentir impuissant, qu'il avait commis une terrible erreur et que la seule issue à la difficulté était de recourir aux voies quelque peu tortueuses et peu soutenues de la diplomatie.

Mais il sortit sur le pont avec une confiance renouvelée. Il était encore tôt. S'il parvenait à persuader son hôte de son erreur, il était encore temps de courir vers la côte où le télégraphe pourrait tout arranger. L'homme à la casquette de yachting fumait une pipe sous le vent de l'écoutille arrière.

"Voulez-vous s'il vous plaît me dire votre nom?" » commença le brasseur avec contrainte.

— Avec toute la bonne volonté du monde, dit l'autre en se levant. « Je suis content que tu te sentes mieux. Je suis le docteur Norman Woolf de New York, et celui-ci, » désignant l'homme à la barbe rousse, « est le capitaine Weckerly du *Pinta* . Capitaine Weckerly—M. Fehrenbach .

Geltman sursauta à la répétition du nom, mais il ne fit aucun autre signe.

« Pourriez-vous, dit le brasseur, me raconter comment je suis monté à bord de votre bateau ?

"Pas du tout", dit Woolf facilement. « Vous voyez, lorsque je navigue sur le *Pinta* , je me fais un devoir de laisser derrière moi toute pensée concernant mes affaires. Mais parfois j'enfreins ma règle, et quand on m'a parlé du vôtre , j'ai décidé que je voudrais vous étudier dans des conditions intimes et extraordinaires et ainsi… »

"Vraiment, je ne suis pas tout à fait———"

" J'ai donc dû vous emmener au yacht sur lequel je partais tout juste pour une petite croisière vers les Açores."

«Les Açores!»

Le Dr Woolf souriait avec bienveillance au brasseur mécontent.

« Vous savez, poursuivit-il, ces cas d'aphasie ont pour moi un intérêt particulier. Cela semble être un petit dérapage des rouages. Qu'y a-t-il dans un nom, après tout ? Le vôtre est ancien et honoré. Les Fehrenbach fabriquent de la bière depuis cinquante ans… »

"C'est un mensonge", cria Geltman en se levant d'un bond, incapable de se contenir plus longtemps. "Il n'est que trente heures et ce n'est pas bon à boire."

« Je vous en prie, soyez calme. Ne savez-vous pas que si cela devait se propager à l'étranger, cela nuirait à votre entreprise ?

« Mes affaires, les affaires de Geltman and Company… »

« Les affaires de Fehrenbach and Company », interrompit sévèrement le Dr Woolf.

Le malheureux brasseur se contenait avec effort. Il savait que la colère ne lui servirait à rien. Il ne restait plus qu'à écouter patiemment. Il s'affala de nouveau dans son fauteuil en osier et fixa son regard nerveux sur l'horizon lointain.

« C'est un plaisir de vous voir capable de vous maîtriser. Si vous le pouvez, j'aimerais que vous essayiez de me raconter comment vous avez commencé à utiliser le nom de Geltman .

Comment avait-il pu utiliser le nom de Geltman !

« Que diriez-vous, continua le Docteur sans attendre la réponse, si je vous disais que j'étais Christophe Colomb et que le capitaine Weckerly ici présent était Francisco Pizarro ou Hernández Cortés ? Vous diriez que nous nous sommes trompés, n'est-ce pas ? Bien sûr que vous le feriez. Quand tu dis que tu es Geltman et que nous savons que tu es Fehrenbach … »

"Arrêt!" » rugit le malheureux brasseur en se levant d'un bond. "Arrêtez, pour l'amour du ciel, et laissez-moi quitter cette maison de fous flottante !"

"Calme-toi!"

« Calme-moi ! Ne voyez-vous pas que tout cela est une terrible erreur ? Vous m'avez pris pour quelqu'un d'autre. Hier soir, je vous le dis, j'ai été renversé et drogué. Ensuite, j'ai été transporté sur un bateau et amené ici. Regardez dans mes vêtements, mes mouchoirs, mon linge, vous verrez le monogramme ou les initiales CG. Cela ne suffira-t-il pas à vous satisfaire ?

« Mon cher monsieur, je vous assure que vous avez été amené à bord dans les mêmes vêtements que vous portez maintenant. Même cette casquette était sur ta tête. Vous ne vous souvenez pas d'avoir emprunté la passerelle avec le capitaine Weckerly ? Et puis, à mi-voix, et avec des regards méfiants envers le capitaine , qui secouait la tête : « Il est pire que je ne le pensais.

Geltman avait ôté la casquette de yachting et là, perforées dans la bande, étaient les lettres OF. Il fouilla dans ses poches et trouva un mouchoir avec les mêmes initiales. Ce faisant, il vit que les deux hommes le regardaient avec une expression d'intérêt et d'inquiétude nouveaux. Son esprit était encore embrumé. Pour la première fois, il commença vraiment à douter de lui-même et des preuves de sa mémoire tardive. Il n'avait pas entendu dire qu'Otto Fehrenbach était fou. Était-il possible qu'après tout quelque terrible malheur lui soit arrivé, Geltman ? Qu'un coup qu'il avait reçu en tombant lui avait fait changer d'avis, et que son âme avait migré vers le corps du haï Fehrenbach ? Et si oui, l'âme de Fehrenbach occupait-elle *son* corps ? Fehrenbach , assis dans *son* bureau, dirigeant *ses* affaires avec les méthodes de mauvaise qualité des Fehrenbach , conduisant *ses* chevaux, et peut-être — se pourrait-il qu'il épouse en ce moment Juliet Hazard à sa place ? Cette pensée le rendait malade. Il avait vaguement conscience de l'existence d'une science qui traitait de ces choses. Il avait lu un jour un récit d'un événement de ce genre dans une université allemande. Il regarda ces étrangers devant lui et se surprit à

répondre en retour à leurs regards mystérieux. Était-il fou ? Ou l'étaient-ils ?
Ou étaient -ils tous fous ensemble ? Il jeta un coup d'œil aux mâts qui se
balançaient. Et le yacht aussi ? Était-ce réel ou était-ce aussi le fantasme d'une
imagination malade ? La *Gendarmerie Holländer* lui revint à l'esprit d'un air
ludique. Juste devant la cabine, un groupe de marins se tenait debout, le
regardant et chuchotant. C'était étrange. Étaient-ils, eux aussi, dans le même
état que les autres ? Cela ne pouvait pas être le cas. Le vaisseau était réel.
Geltman ou Fehrenbach , lui-même était réel. Il doit y avoir quelqu'un à bord
du vaisseau maudit qui l'écouterait et comprendrait. Déconcerté, il s'avança.
Ce faisant, le groupe de marins se dissout et chacun se dépêcha d'accomplir
une tâche qu'il s'était fixé . Il se dirigea vers un homme qui enroulait une
corde.

« Je dis, mon homme, dit-il, êtes-vous de New York ?

"Oui, monsieur", dit l'homme, mais il regarda par-dessus son épaule à
droite et à gauche comme s'il cherchait un moyen de s'échapper.

"Avez-vous déjà bu de la bière Geltman ?"

L'homme lança un regard fugace au brasseur, puis laissa tomber sa bobine
et disparut par l'écoutille du poste de commandement.

Le brasseur regarda la silhouette s'éloigner avec une certaine
consternation. Il se dirigea vers un autre homme qui brillait autour du tuyau
de poêle de la cuisine. Mais l'homme le vit venir et disparut comme l'autre.
Un vieil homme à la barbe grise était assis sur une boîte à chansons près de
la barrière sous le vent, cousant une culotte. Il chiquait du tabac et fronçait
les sourcils, mais ne bougeait pas lorsque l'homme des terres approchait.

« Je dis, mon homme, reprit le brasseur, avez-vous déjà bu de la bière
Geltman ?

Le vieil homme le regarda de la tête aux pieds avant de répondre. Mais il
n'y avait aucune peur sur son visage — seulement de la pitié — nue et non
dissimulée.

" Non ", répondit-il en crachant sous le vent. "Il n'y a pas de bière à
N'York pour moi à part celle d'Otto Fehrenbach ."

Geltman le regarda un moment puis se tourna désespérément vers
l'arrière. Le yacht a été ensorcelé et ils ont tous été ensorcelés avec elle.

CHAPITRE III

"C'est une chance qu'Ollie Farquhar soit gros", a déclaré Mortimer Crabb lorsque Geltman était hors de portée de voix. « C'était soigné, Jepson, magnifiquement soigné. Avez-vous déjà vu des poissons mieux mordre à l'hameçon ? Mais il reviendra à lui dans une minute.

Le capitaine Jepson observait le brasseur abasourdi. « Il n'y obtiendra pas beaucoup d'informations », sourit-il.

"Mais cela ne peut pas durer très longtemps", a déclaré Crabb. « Quelle est la distance jusqu'à la côte ? »

"Environ une heure, monsieur."

« Eh bien, gardez-la sur sa route jusqu'à huit heures. Et s'il insiste , nous courrons le déposer quelque part sur la plage.

"Aye Aye monsieur."

« Ce sera bientôt fini maintenant. Il ne pourra pas rentrer avant demain et alors… » – Crabb rayonnait de satisfaction – « et alors il sera trop tard. Range ton sourire, Jepson. Il revient.

Même cette chaîne complète de preuves circonstancielles ne pourrait pas longtemps résister à l'air frais et au soleil. Dans la large étendue entre le pouce et l'index de sa main droite Geltman a remarqué le bleu de certains tatouages de jeunesse. A la vue des lettres familières, le doute prit son envol. Il *était* lui-même. Cela ne faisait aucun doute. En repartant, il sourit triomphalement.

« Finissons-en avec ces bêtises, Dr Woolf, » grogna-t-il. «Regarde ça», tenant sa main devant les yeux de Crabb. "Si je m'appelle Otto Fehrenbach, comment se fait-il que les lettres CG soient marquées dans ma main ?"

Crabb, les bras sur les hanches, le regardait fixement dans les yeux.

"Alors," dit-il calmement, "tu es enfin réveillé !"

Il regarda Crabb et le capitaine avec des yeux qui ne voyaient pas. Ce qu'il avait pensé dire et faire restait non-dit et défait. Sans autre mot, il se précipita lourdement vers l'avant et vers le bas du compagnon.

"Il y aura un ouragan dans ce quartier, Jepson, ou je ne suis pas un connaisseur de la météo", a ri Crabb. « Nous ferions mieux d'arriver maintenant. Il n'y a pas beaucoup de mer et le vent vient du large. Nous l'atteindrons à Quogue ou Westhampton. En attendant, gardez la bâche sur le bateau avant pour qu'il ne puisse pas voir le nom dessus. Nous utiliserons le concert. S'il essaie de jeter un coup d'œil par-dessus la poupe, nous le applaudirons dans la cabine. Cela signifiera au moins cinq ans pour moi s'il apprend le nom du *Blue Wing* . Alors sois vigilant, Jepson, et garde un œil sur lui.

"N'ayez crainte", dit le capitaine avec un sourire, et il s'avança.

Crabb a parcouru le pont avec une grande jubilation. Il a regardé sa montre. Trois heures! Si McFee avait suivi ses instructions, Dicky Bowles et Juliet Hazard seraient mari et femme. Il avait bien évalué ses chances. Pour Geltman, il était le Dr Woolf. Pour son équipage, il était M. Crabb emmenant un parent malheureux se promener ; pour Dicky Bowles, il était le sauveur des demoiselles abandonnées et l'atout des bons gars.

Crabb était tout à fait prêt à mener la méchanceté jusqu'au bout. Il était certain d'une chose : plus tôt son invité quitterait le *Blue Wing* et atterrirait en toute sécurité, mieux ce serait.

Geltman arriva enfin sur le pont avec Weckerly vigilant à ses talons, Crabb remarqua l'expression châtiée sur le visage du brasseur avec une singulière satisfaction.

« Je vais descendre à terre, s'il vous plaît, » dit-il doucement.

Crabb affecta une surprise déçue.

"Ici? Maintenant?" il a dit. « Nous sommes assez loin sur la côte. C'est Quogue là-dedans. Je ne peux pas très bien retourner à New York en courant, mais… »

« Déposez-moi à terre, monsieur », dit Geltman d'un ton maussade.

Lorsque le chariot fut abaissé, Crabb inclina le brasseur sur le côté, ses vêtements de soirée attachés dans un paquet de papier.

«Au revoir», dit Crabb. "Quand vous aurez fini avec les flanelles, M. Geltman , envoyez- les à Fehrenbach ."

Mais Geltman n'eut aucune réponse. Il avait croisé les bras et regardait fixement vers le rivage. Le dernier aperçu que Crabb eut de lui fut lorsque le *Blue Wing* s'approcha du large, le laissant gesticuler sauvagement sur la plage à la lueur du soleil couchant.

Alors que la silhouette n'était plus qu'un point au loin, Mortimer Crabb se détourna et se jeta avec lassitude dans son fauteuil en osier.

"Où allons-nous maintenant, monsieur?" » demanda Jepson.

"Oh, où tu veux."

"Sandy Hook, monsieur?"

« Oh, oui, » soupira-t-il, « aussi bien y aller que n'importe où ailleurs. New York, Jepson.

Pauvre Crabe ! En vingt-quatre heures , il s'ennuyait encore plus que jamais. La vue des visages joyeux de Dicky Bowles et de son épouse avait fait quelque chose pour soulager l' *ennui vitæ* , mais il savait que leur joie venait d'eux-mêmes et non de lui, et il leur a donc donné un « Que Dieu vous bénisse » et sa maison de campagne. à Long Island pour quelques semaines de lune de miel. Il avait même eu la présomption de leur proposer le *Blue Wing* , mais Dicky, dont les nouvelles responsabilités avaient développé une certaine prudence, refusa catégoriquement. Crabb haussa les épaules.

« Faites comme vous le souhaitez », rit-il. "C'est à toi si tu le veux."

« Et Geltman vous met-il en prison ?

"Oh, *il* ne me dérangera pas."

"Comment savez-vous?"

« J'ai fait quelques recherches. Il a laissé tomber le truc.

"Es-tu sûr?"

"Oh oui. Il n'a pas la peau aussi épaisse qu'il en a l'air. Cette histoire n'aurait pas l'air bien imprimée, vous savez.

Avec un élan d'amitié, Dicky jeta ses bras autour des épaules de Crabb et lui fit un câlin d'ours.

« Je ne l'oublierai jamais, Mort, jamais ! Tu es le sel de la terre… »

« Là, là, Dicky. Le sel doit être pris par pincées, pas par cuillerées, et vous avez ébouriffé ma cravate ! Partez et ne revenez pas ici tant que le mariage ne vous aura pas fait prendre conscience de vos nouvelles responsabilités envers votre Créateur.

De la fenêtre de son appartement, Crabb regarda le taxi de Dicky remonter l'avenue en direction de la modeste pension qui abritait la mariée en attente, puis se tourna avec un profond soupir et sonna McFee. Un tel amour n'arrive jamais aux très riches. Lui, Mortimer Crabb, n'était pas un être sensible, mais seulement un bien, un compte en banque animé sur lequel les matrones ingénieuses jetaient des regards envieux et pour lequel les filles ambitieuses tendaient leurs jolis pièges. Non, un tel amour n'était pas pour lui – ou ne le serait jamais, semblait-il.

Sa toilette terminée, Crabb sortit prendre l'air, se demandant comme il le faisait souvent comment les gens dans la rue pouvaient sourire tout au long de la vie, tandis que lui...

Un fiacre passa, tourna juste au-delà et s'arrêta sur le trottoir à côté de lui, et une voix s'adressa à lui.

« Crabe ! Mortimer Crabb ! C'est vraiment une chance ! »

«Ross Burnett!» » dit Crabb avec plaisir. «Je pensais que tu étais mort. Es-tu tombé du ciel, mec ?

"Non", a ri Ross, "pas si loin, seulement depuis la Chine."

Burnett congédia aussitôt le fiacre et ils se rendirent ensemble au Bachelors 'Club voisin , où, autour d'un verre amical, ils rassemblèrent les détails de leur amitié. Crabb écouta avec un nouvel intérêt son vieil ami lui raconter ce qui s'était passé au cours des cinq années qui s'étaient écoulées depuis leur dernière rencontre, rappelant morceau par morceau les événements malheureux qui avaient conduit à son départ de New York, et Burnett, heureux d'avoir des oreilles réceptives, je l'ai répété pour lui.

Le garçon avait dilapidé son patrimoine à Wall Street. Puis, par la grâce d'un des sénateurs de New York, il obtint du président une nomination comme commis consulaire, charge qui, si elle était peu rémunératrice au pays, comportait une certaine dignité, un peu d'autorité et certains avantages appréciables à l'étranger. ports.

Il avait choisi judicieusement. Au Caire, où il avait été envoyé pour combler une vacance temporaire causée par le décès du consul général et la maladie ultérieure de son adjoint, il se retrouva soudain responsable du bureau consulaire en pleine affaire, avec des fonctions diplomatiques exigeant à la fois ingéniosité et discrétion.

Après tout, c'était très simple. Les affaires d'un consulat étaient un jeu d'enfant, et les phases habituelles de la vie d'un diplomate devaient être obligatoirement satisfaites par les usages de la noblesse - une qualité que Burnett découvrit n'était pas très largement possédée par ces messieurs politiques qui siégeaient à l'étranger dans les postes de honneur de représenter la grande république.

Il pensait que s'il pouvait obtenir un poste, aussi petit soit-il, avec des pouvoirs pléniers, il serait heureux. Mais hélas! Il avait été absent de chez lui si longtemps qu'il ne savait même pas si son sénateur était mort ou vivant, et lorsqu'il arriva à Washington, environ un mois après l'investiture, il réalisa à quel point ses chances d'être promu étaient minces.

Le président et le secrétaire d'État étaient quotidiennement assiégés par des hommes politiques puissants, et un à un les postes convoités, même les plus petits d'entre eux, étaient occupés par des messieurs en redingote, chapeau souple, cravates fluides, qu'il avait remarqué se prélasser et mâcher. tabac dans le hall de l'hôtel Willard. C'était apparemment auprès de telles personnes que le pouvoir prenait la préférence. Ses rêves roses ont disparu. Ross Burnett n'était encore qu'une simple corvée du Département d'État, gagnant mille deux cents dollars par an !

Il a dit à Crabb qu'il avait parlé au chef du bureau diplomatique en désespoir de cause.

« N'y a-t-il aucun moyen, Crowthers ? avait-il demandé. "Est-ce qu'un homme ne peut jamais aller plus haut ?"

« S'il avait un coup de pouce, il pourrait… mais un employé consulaire… » Le hochement de tête de Crowthers était éloquent.

"N'y a-t-il rien qu'un homme, même un employé consulaire, puisse faire pour obtenir une promotion dans ce service ?" il a continué.

Crowthers l'avait regardé d'un air interrogateur.

« Oui, il y a une chose. Si vous pouviez faire cela, vous pourriez demander au secrétaire tout ce que vous vouliez.

"Et cela--"

"Obtenez le texte du traité entre l'Allemagne et la Chine auprès du baron Arnim."

Crowthers avait ri. Crabb rit aussi. Il pensait que c'était une très bonne blague. Le baron Arnim avait été l'envoyé spécial de l'Allemagne en Chine, accrédité auprès de la cour du potentat oriental avec la mission spéciale de formuler un nouveau traité secret entre ces monarques. Il rentrait maintenant chez lui avec une copie de ce document dans ses bagages.

Burnett avait ri. C'était une bonne *blague* .

« Vous feriez mieux de me renvoyer dehors », avait dit Burnett, désespéré. "Tout ce qui va d' Arakan à Zanzibar fera l'affaire pour moi."

Crabb a écouté l'histoire avec des marques d'appréciation renouvelées.

« Alors, après tout, vous avez fait le tour du monde ? dit-il langoureusement, pendant que nous... *eheu jam satis !* - nous sommes saturés de produits périmés et non rentables. Comme je t'envie ! »

Burnett fumait en silence. Il était très facile d'envier le confort de cent cinquante mille personnes par an.

"Eh bien, mec, si tu savais à quel point j'en ai marre", soupira Crabb, "tu remercierais tes étoiles pour la dispense chanceuse qui t'en a sorti. Rasselas avait raison. Cela fait trente ans que je poursuis les fantômes de l'espoir et je suis toujours désespéré. Il y a eu quelques points positifs (Crabb sourit à ses cendres de cigare) – très peu, et espacés.

"Tu t'ennuies comme toujours, Crabb ?"

« Immitigablement. Vivre au cœur des choses et ne voir que des tons pâles et gris. Pas de rouge nulle part. Oh, pour une passion qui brûlerait et brûlerait : l'amour, la haine, la peur ! Je les courtise tous pour toujours. Et me voilà toujours cool, incolore et sans cicatrice. Une seule fois (ses yeux gris s'illuminèrent merveilleusement) j'ai appris la véritable relation entre la vie et la mort, Burnett ; juste une fois. C'est à ce moment-là que le *Blue Wing* a lutté pendant six jours contre un ouragan avec Hatteras sous son vent. C'était glorieux. Ils peuvent parler d'amour et de haine comme bon leur semble ; la peur, je vous le dis, est le Titan des passions.

Burnett fut surpris de ce démasquage.

« Vous devriez essayer le gros gibier », dit-il négligemment.

« Oui, » dit l'autre ; « Bêtes et hommes… et me voici en flanelle et cravate rouge ! J'ai écorché l'un et j'ai été écorché par l'autre – dans quel but ?

"Vous avez acheté de l'expérience."

« Pas cher à tout prix. On ne peut pas acheter la peur. L'amour se décline en variétés aux valeurs marchandes. La haine peut être achetée pour une chanson ; mais la peur, authentique et étonnante, n'a pas de prix – un joyau que seule l'opportunité peut offrir ; et comme il est rare que l'occasion frappe à la porte d'un homme ! »

"Crabb l'original, l'ésotérique !"

"Oui. Le même. Exactement pareil. Et vous, comme c'est différent ! Comme c'est sobre et rond !

Il y eut un silence contemplatif, rétrospectif de part et d'autre. Crabb l'a cassé.

« Parlez-moi, vieil homme, dit-il, de votre position. N'y a-t-il aucune chance ?

Burnett sourit un peu amèrement.

« Je suis commis consulaire à douze cents par an en bonne conduite. Quand j'ai dit cela, j'ai tout dit.

"Mais ton avenir ?"

"Je ne suis pas en ligne de promotion."

"Impossible! Politique?"

"Exactement. Je n'ai aucune attirance à proprement parler.

"Mais votre service?"

"J'ai été payé pour ça."

« N'y a-t-il pas d'autre moyen ?

"Oh, oui," rit Burnett, "ce traité. Il se trouve que j'en savais quelque chose lorsque j'étais là-bas. Il s'agit de neutralité, de ports de commerce et de centrales charbonnières ; mais quoi, le diable seul le sait, et son adjoint, le baron Arnim, ne le dira pas. Arnim est maintenant à Washington, apparemment pour faire du tourisme, mais en réalité pour en parler avec Von Schlichter , l'ambassadeur là-bas. Voyez-vous, nous nous sommes plongés dans la question de l'Est bien plus que nous ne le souhaiterions, et connaître l'attitude de l'Allemagne est extrêmement important pour nous.»

"Je vous en prie, continuez", dit Crabb d'une voix traînante.

« C'est tout ce qu'il y a. Le reste n'était qu'une blague. Crowthers veut que je récupère le texte de ce traité dans la boîte d'envoi du baron Arnim.

"Divertissant!" » dit Crabb avec un front assombri. Et puis, après une pause, avec tout le sérieux du monde : « Et tu ne vas pas le faire ?

Burnett se tourna vers lui avec surprise.

"Quoi?"

"L'obtenir. Le traité."

"Le traité! Du baron Arnim ! Vous ne connaissez pas grand-chose en diplomatie, Crabb.

« Vous m'avez mal compris, dit-il froidement ; puis, à voix basse :

"Pas du baron Arnim... de la boîte d'envoi du baron Arnim."

Burnett regarda sa connaissance dans un labyrinthe. Autrefois, Crabb était considéré comme un mystère. Il était désormais une énigme.

"Vous plaisantez sûrement."

"Pourquoi? Cela ne devrait pas être difficile.

Burnett regarda avec crainte leurs voisins éloignés dans la pièce. « Mais c'est un cambriolage. Pire que ça. Si, en tant que membre du Département d'État, j'étais découvert en train de falsifier les documents d'un gouvernement étranger, cela entraînerait des complications sans fin et, peut-être, la rupture des relations diplomatiques. Une telle chose est impossible. C'est précisément son impossibilité qui a motivé la suggestion de Crowthers . Tu ne comprends pas ça ?

Crabb se caressait le menton et contemplait sa botte bien formée.

« Admettez que c'est impossible », dit-il calmement. " Pensez-vous que si par hasard vous pouviez donner cette information au secrétaire d'État, votre condition s'améliorerait ? "

« À quoi ça sert, Crabb ? commença Burnett.

"Ça ne peut pas faire de mal de me répondre."

« Eh bien… oui, je suppose. Si nous n'étions pas immédiatement plongés dans la guerre contre l'empereur Guillaume.»

"Oh!" Crabb était plongé dans ses pensées. Il fallut plusieurs instants avant qu'il ne poursuive, puis, comme s'il écartait le sujet.

« Quels sont tes projets, Ross ? Avez-vous une semaine à perdre ? Que diriez-vous d'une croisière sur le *Blue Wing* ? Il y a beaucoup de choses que je sais que vous ignorez, et vous savez beaucoup de choses que j'aimerais bien. Je t'emmènerai à Washington quand tu t'ennuieras. Que dites-vous?"

Ross Burnett accepta avec empressement. Il se souvenait des dîners du *Blue Wing* , de Jepson et de Valentin. Il les avait désirés à plusieurs reprises lorsqu'il mangeait des spaghettis au petit restaurant Gabri à Gênes.

Lorsqu'ils se séparèrent, Burnett était conscient que l'affaire du baron Arnim n'était pas abandonnée. Cette simple pensée avait été une folie. Était-ce seulement une petite plaisanterie de la part de Crabb ? Sinon, quel plan fou lui était venu à l'esprit ? Cela ne ressemblait pas au Mortimer Crabb dont il se souvenait.

Et pourtant, il y avait eu un courant plus profond circulant sous sa surface placide qui suggérait une intention désespérée que rien ne pouvait expliquer. Et comme les possibilités seraient illimitées si l'on pouvait concevoir un plan permettant d'obtenir l'information sans recourir à des mesures violentes ! Cela signifiait pour lui au moins un poste de direction quelque part, ou peut-être un poste de secrétaire dans l'une des grandes commissions.

L'idée d'un cambriolage, flagrant et infâme, il la rejeta d'un seul coup. N'y aurait-il pas un moyen — un instant d'inattention — un serviteur infidèle — de donner à la chose l'aspect d'une réalisation possible ? Alors qu'il s'habillait, il se surprit à réfléchir à la question avec plus de sérieux qu'elle ne le méritait.

CHAPITRE IV

Une semaine s'était écoulée depuis que les deux amis s'étaient rencontrés, et le *Blue Wing* se trouvait désormais dans le Potomac, près du quai de la Septième Rue. Il faisait nuit et les hommes avaient dîné.

Les dîners de Valentin étaient une véritable réussite. Ils étaient de ceux qui rendaient concluante l'hypothèse d'un paradis spécial pour les cuisiniers. Après un café et un cigare qui complétait le tout, Mortimer Crabb choisissait son moment psychologique.

« Burnett, dit-il, vous devez voir ce traité et le copier. »

Burnett le regarda carrément. Le regard de Crabb ne faiblit jamais.

" Alors tu *le* pensais vraiment?" dit Burnett.

"Tous les mots. Vous devez l'avoir. Je vais aider.

"C'est sans espoir."

"Peut-être. Mais le jeu en vaut la chandelle.

« Un pot-de-vin à un serviteur ?

"Laisse moi ça. Viens, viens, Ross, c'est la chance de ta vie. Arnim, Von Schlichter et tous les autres dînent ce soir à l'ambassade britannique. Il y aura un bal après. Ils ne reviendront que tard. Nous devons entrer dans les appartements d'Arnim à l'ambassade d'Allemagne. Ces pièces se trouvent à l'arrière de la maison. Il y a un bec de pluie et un bâtiment arrière. Tu peux grimper ?

"Ce soir?" Burnett haleta. « Vous avez découvert ces choses aujourd'hui ? »

« Depuis que je t'ai quitté. J'ai vu Denton Thorpe à l'ambassade britannique.

« Et tu étais tellement sûr que je serais d'accord ! Ne penses-tu pas, vieil homme… »

« Arrêtez tout, Burnett ! Je ne me laisse pas tromper facilement. Vous n'avez pas de chance ; c'est clair. Mais tu n'es pas battu. Tout homme capable de renverser le marché jusqu'à ses derniers mille comme vous l'avez fait ne manque pas de sable. La fin n'est pas ignoble. Vous rendrez service à l'Administration — et à vous-même. Pourquoi, comment peux-tu faire une pause ?

Burnett regarda autour de lui les équipements familiers du salon, les gravures Braun laissées dans les boiseries, la sarcelle volante dans l'azur au-dessus des lambris, son hôte immaculé et son propre noir conventionnel. Serait-ce bien là le théâtre d'une conspiration machiavélique ?

Crabb se leva de table et ouvrit les portes d'un grand casier situé sous le compagnon. Burnett le regardait avec curiosité.

Il sortit vêtement après vêtement sur le pont, à la lueur de la lampe de la cabine ; chaussures, chapeaux et casquettes, pardessus et vêtements de toutes tailles et formes, depuis le gris tressé du coster jusqu'au velours et ceinture des Niçois .

Il choisit un chapeau souple, une casquette et deux longs manteaux en lambeaux, de coupe et de style anciens, et les jeta sur le dossier d'une chaise. Puis il se rendit à sa cabine, en sortit une grande boîte carrée en fer blanc et la posa sur la table.

Il s'enroula d'abord un mouchoir autour du cou, puis s'assit délibérément devant la boîte, ouvrit le couvercle et en sortit un plateau rempli de bâtons de maquillage. Il les mit de côté tandis qu'il tirait des recoins les plus profonds des moustaches, des moustaches et des barbes de toutes formes et de tous teints. Il travaillait rapidement et silencieusement, observant son image changeante dans le petit miroir placé dans le couvercle de la boîte.

Burnett, fasciné, suivait ses doigts habiles alors qu'ils se déplaçaient d'avant en arrière, alignant ici, ombrant là, non pas comme le fait l'acteur pour un effet du calcium, mais soigneusement, délicatement, avec l'habileté de l'anatomiste qui connaît la structure osseuse. du visage et la traction des muscles vieillissants.

En vingt minutes , Mortimer Crabb avait vieilli autant d'années et portait désormais le phiz d'un rhum-sot hirsute. Le long manteau, le chapeau doux et le bandana rugueux complétaient le personnage. La fièvre de l'aventure était montée dans les veines de Burnett. Il se leva d'un bond avec un geste imprudent de résolution définitive.

"Donnez-moi ma part!" il s'est excalmé. "Je vais y jouer!"

Le vieil intempérant sourit d'approbation. "Bon gars!" il a dit. «Je pensais que tu serais partant. Si tu n'avais pas été là, j'y serais seul. C'est une chance que tu sois rasé de près. Venez et soyez transfiguré.

Et tandis qu'il travaillait rapidement sur le visage de Burnett , il compléta les détails de son plan. En bon général, Crabb dirigeait ses plans vers l'échec comme vers le succès.

Ils portaient leurs déguisements par-dessus leurs vêtements de soirée. Ensuite, si le pire arrivait, de la vaseline et un coup de bandana enlèveraient rapidement tous les signes de culpabilité de leurs visages, ils pourraient se débarrasser de leurs lambeaux et reprendre l'habit de convention.

Ross Burnett se leva enfin, basané et avec une moustache sombre, il ne lui manquait que les anneaux aux oreilles pour être le vieux Gabri lui-même. Il était pleinement conscient des possibilités de l'aventure. Tous les doutes qu'il avait pu avoir furent rapidement dissipés par l'optimisme joyeux de son compagnon.

Crabb tendit la main vers la carafe de cognac.

« Un verre, dit-il, et nous devons partir. »

La nuit était épaisse. Une brume qui s'était accumulée depuis le coucher du soleil s'est maintenant transformée en une douce bruine de pluie. Crabb, les mains dans les poches et les épaules pliées, marchait d'un pas rapide et traînant dans la rue.

« Nous ne pouvons pas risquer les voitures ou un taxi dans cette affaire », marmonna Crabb. « Nous pourrions le faire, mais cela n'en vaut pas la peine. Peux-tu marcher? Ce n'est pas plus de trois milles.

Il était plus d'une heure lorsqu'ils atteignirent Highland Terrace. Sans s'arrêter, ils examinèrent l'ambassade allemande de loin, depuis l'autre côté de Massachusetts Avenue. Une lampe à gaz crépitait faiblement sous la *porte cochère* . Une autre lumière brillait au loin dans le toit incliné. Crabb a ouvert la voie et s'est dirigé vers l'allée à l'arrière. Elle était longue, mal éclairée et s'étendait sur toute la longueur du pâté de maisons.

« J'ai reçu les détails dans le livre de complot de la ville d'un agent immobilier cet après-midi. Il pense que je vais acheter à côté. Je voulais être particulièrement attentif aux ruelles et aux entrées arrière. Crabb rit.

Burnett regarda les arrières de la rangée de maisons de N Street. Ils étaient tous aussi impassibles que des sphinx. Plusieurs lumières, espacées de loin, brillaient faiblement. La nuit était fraîche pour la saison et toutes les fenêtres étaient baissées. L'occasion était propice. L'arrière de l'ambassade était sombre, à l'exception d'une faible lueur dans une fenêtre du deuxième étage.

"Cela devrait être la chambre d'Arnim", a déclaré Crabb.

Il a essayé la porte arrière. Il a été débloqué. Ils entrèrent sans bruit et la refermèrent derrière eux. Il y avait une trémie de pluie, que Crabb regardait avec espoir ; mais ils trouvèrent plus de chance sous la forme d'une échelle de trente pieds le long de la clôture.

"Une invitation positive", murmura joyeusement Crabb. « Tiens, Ross ; dans l'ombre. Une fois sur le bâtiment arrière, l'acte est fait. Calme, maintenant. Tenez-le et je monterai.

Burnett n'a pas hésité. Mais ses mains étaient froides et il tremblait d'excitation de la tête aux pieds. Il ne pouvait qu'admirer le sang-froid de Crabb alors qu'il gravissait fermement les échelons.

Il le vit atteindre le toit et se hisser par-dessus la margelle, et en un instant Burnett, moins silencieux mais en toute sécurité, avait rejoint son camarade criminel près de la fenêtre. Là, ils attendirent un moment, écoutant. Un taxi dévala la Quinzième Rue, et les gongs de la file d'attente des voitures résonnèrent en réponse, mais ce fut tout.

Crabb se leva furtivement et regarda par la fenêtre éclairée. C'était une étude. La lumière provenait d'une lampe à abat-jour vert. Sous sa lueur sur le bureau se trouvaient des cartes et des documents à profusion. Et dans le coin , il distinguait les lignes d'un coffre ou d'une boîte reliés en fer. Ils n'avaient commis aucune erreur. A moins qu'en la possession de Von Schlichter ce soit ici que se trouverait le traité chinois.

"Très bien", murmura Crabb. "Un cadenas à l'ancienne aussi."

Crabb a essayé la fenêtre. C'était verrouillé. Il sortit quelque chose d'une des poches de son manteau et atteignit le milieu de la ceinture. Il y eut un bruit semblable à la tonte rapide du linge qui renvoya le sang au cœur de Burnett. Dans la nuit calme, il semblait revenir en masse depuis les ailes des immeubles d'en face. Ils s'arrêtèrent à nouveau. Un léger crépitement de verre brisé, et les longs doigts de Crabb passèrent par le trou et tournèrent le loquet. En un instant, ils furent dans la pièce.

L'intangible et le chimérique étaient devenus une réalité des derniers jours. Le moral de Burnett remonta. Il ne manquait pas de courage, et c'était là une situation qui l'excitait au maximum.

Instinctivement, il ferma les volets intérieurs derrière lui. Depuis l'allée, le couple n'aurait pas présenté une apparence en accord avec la splendeur tranquille de la pièce. Il se retrouva à regarder autour de lui, ses oreilles tendues au moindre son.

Un coup d'œil révéla la dépêche, lourde, trapue et flegmatique, comme son propriétaire. Crabb s'était dirigé sur la pointe des pieds vers la porte de la pièce voisine. Burnett vit les yeux se dilater et le doigt d'avertissement se poser sur ses lèvres.

De l'appartement intérieur, lentement et régulièrement, sortait le bruit d'une respiration lourde. Là, dans un large fauteuil, au pied du lit, affalé, le valet de chambre du baron, dormait profondément. Sa bouche était grande ouverte, ses membres détendus. Il n'avait rien entendu.

« Vite », murmura Crabb ; "ton bandana autour de ses jambes."

Burnett s'est surpris par la rapidité et l'intelligence de sa collaboration. Un mouchoir fut glissé dans la bouche de l'homme et, avant que ses yeux ne soient complètement ouverts , il fut bâillonné et lié pieds et poings par le cordon de la robe de chambre du baron.

Crabb avait sorti d'une poche un revolver, qu'il brandit significativement sous le nez de l'homme terrifié, qui recula devant le regard sombre qui l'accompagnait.

Crabb semblait avoir prévu exactement quoi faire. Il prit une serviette de bain et l'attacha autour des oreilles et sous le menton de l'homme. Du lit, il prit les draps et les couvertures du baron, enveloppant le malheureux serviteur jusqu'à ce que rien ne soit visible sauf le bout de son nez. Une corde de bretelles et de cravates complétait le travail.

Le valet du baron Arnim, à toutes fins utiles dans la vie, était une momie emmitouflée.

"Phew!" » dit Crabb, quand ce fut fait. "Pauvre diable! Mais on n'y peut rien. Il ne doit ni voir ni savoir. Et maintenant, c'est parti.

Crabb a produit un trousseau de clés passe-partout et une cible électrique. Il essaya rapidement les clés. En un instant, la boîte d'expédition fut ouverte et son contenu exposé à la vue.

"Attention maintenant", murmura Crabb. « À quoi devrait-il ressembler ? »

"Une chose en forme de papier peint recouverte de soie avec des cordons qui pendent", a expliqué Ross. "Là, sous ta main."

En un instant, ils eurent tout compris sur le bureau. C'était là, en toute vérité, écrit sur deux colonnes, chinoise d'un côté, française de l'autre.

"Es-tu sûr?" » dit Crabb.

"Bien sûr! Bien sûr , car je suis un voleur la nuit ! »

« Alors asseyez-vous et écrivez, mec. Écrivez comme vous n'avez jamais écrit auparavant. J'écouterai et regarderai Ramsès II.

Au cours des vingt minutes pendant lesquelles Burnett écrivait avec crainte, Crabb restait à écouter aux portes et aux fenêtres les bruits des domestiques ou des voitures qui approchaient. L'homme emmailloté dans les draps fit quelques efforts inutiles puis s'apaisa. Les yeux de Burnett brillèrent. D'autres yeux que les siens brillaient devant ce qu'il voyait et écrivait. Lorsqu'il eut fini, il referma le document, ôta toute trace de son travail, le replaça dans la boîte en fer et ferma le couvercle. Il laissa tomber les précieux draps dans une poche intérieure et se dirigeait vers la fenêtre lorsque Crabb le saisit par le bras. Il y eut un pas dans le couloir et la porte s'ouvrit. Là, gros et grisonnant, sa moustache de morse hérissée de surprise, dans toute la distinction des dentelles et des ordres d'or, se tenait le baron Arnim.

CHAPITRE V

Pendant un instant, il n'y eut aucun son. Les cambrioleurs regardaient le Baron et le Baron regardait les cambrioleurs, bouches et yeux ouverts également. Puis, avant même que Crabb ait pu montrer son intimidant revolver, l'Allemand avait disparu par la porte en criant à pleins poumons.

"Rapide! Par la fenêtre!" dit Crabb en aidant Burnett à franchir le rebord. « Vas-y, je te suivrai. Ne tombe pas. Si vous perdez pied, nous sommes ruinés.

Burnett sortit précipitamment, franchit la margelle et descendit l'échelle, Crabb presque sur les doigts. Mais ils atteignirent la cour en toute sécurité et se retrouvèrent dans l'allée en courant à l'ombre de la clôture avant qu'une tête aventureuse ne sorte de la fenêtre ouverte et qu'un revolver ne parte dans l'air vide.

"Le diable!" » dit Crabb. « Ils auront tous les cuivres de la ville sur nous dans une minute. Par ici." Il s'engagea dans une ruelle étroite perpendiculaire à l'autre. « Enlevez le manteau au fur et à mesure – maintenant, la moustache et la peinture grasse. Prenez votre temps. Dans cet égout avec les manteaux. Donc!"

Deux messieurs en pardessus clair, l'un avec une casquette, l'autre avec un chapeau, marchaient bras dessus bras dessous dans la rue N en chantant profondément. Leurs devants de chemise et leurs cheveux étaient ébouriffés, leurs jambes n'étaient pas trop stables et ils s'accrochaient affectueusement les uns aux autres pour se soutenir et chantaient profondément.

Une fenêtre s'est ouverte et une tête ébouriffée est apparue.

"Hé!" cria une voix. « Des cambrioleurs dans la ruelle ! »

« Des cambrioleurs ! » dit l'un des chanteurs ; et puis : « Va te coucher. Tu es ivre."

Encore des bruits de fenêtres, des coups de sifflet nocturnes et des pas pressés.

Les fêtards continuaient néanmoins à chanter.

Un gros policier, bruyant et belliqueux, entra par effraction.

« Les avez-vous vus ? Les avez-vous vus ? » cria-t-il en les regardant fixement. Ses yeux troubles lui rendirent son regard.

"Qu-qui?" » dirent les voix à l'unisson.

« Cambrioleurs », rugit le cuivre. "Si je n'étais pas occupé , je vous y précipiterais." Et il partit à toute vitesse vers sa mission vagabonde.

« Heureusement que tu es occupé, mon vieux », marmonna Crabb à la silhouette qui s'éloignait. « Dégrise-toi un peu, Ross, ou nous ne nous en sortirons jamais. Et ne me bousculez pas ainsi, car je cliquetis comme un indicateur.

Lentement, le couple se dirigea vers Thomas Circle et Vermont Avenue, où les bruits de l'agitation se perdaient dans les bruits de la nuit.

A L Street, Burnett se redressa. "Seigneur!" Il haletait. "Mais c'était proche."

"Pas aussi près qu'il y paraissait", dit froidement Crabb. « Un plastron de chemise blanc fait des merveilles avec un cuivre. C'était mieux qu'un coup sur la tête et une fuite. En attendant, Ross, pour l'amour du ciel, aide-moi avec un peu de bric -à- brac . Et sur ce, il tendit à Burnett un plateau à épingles en or, une boîte en argent et un porte-montre.

Burnett examina sobrement le butin. "J'aurais seulement souhaité que nous puissions nous en passer."

« Et Arnim savait-il pourquoi nous roulions ? Jamais, Ross. Je les mettrai en gage à New York pour le moins cher possible et j'enverrai les billets à von Schlichter . Cela ne suffira-t-il pas ? »

"Je suppose que c'est le cas", a déclaré Burnett d'un ton dubitatif.

À trois heures, ils étaient de nouveau sur le *Blue Wing* , Burnett avec des sentiments mêlés de doute et de satisfaction, Crabb enflammé par cet exploit.

« Rasselas était un imbécile, Ross, un mécontent, un *fainéant* . La vie est incroyable, envoûtante, consommée. Et puis, gaiement : « Voici une bonne santé, mon garçon ; longue vie au nouvel ambassadeur à la cour de Saint-Jacques ! »

Mais Ross ne s'est pas rendu à la Cour de Saint-Jacques. L'hiver suivant, à la surprise de beaucoup, le président lui confie une mission spéciale pour préparer un traité commercial avec le Pérou. Le baron Arnim, le moment venu, récupéra son bric -à- brac . Pendant ce temps, l'empereur Guillaume, intrigué par l'incroyable sagacité du secrétaire d'État dans la question orientale, continue de construire une puissante marine dans la crainte qu'un jour la nation parvenue de l'autre côté de l'océan ne transforme en problème les questions qui les compliquent.

Mais la vie n'était plus amusante, envoûtante ou consommée pour Crabb. Le goût de l'aventure sortit de sa bouche, le lieu commun devint plus plat et insipide qu'auparavant. La vie était à nouveau toute pâle, terne et grise. Pour aggraver les choses, il avait été obligé de faire une visite d'affaires à Philadelphie, ce qui remplissait à ras bord la tasse d'insipidité. Il était presque prêt à souhaiter que ses ancêtres n'aient jamais possédé les mines de charbon de Pennsylvanie dont il était devenu l'héritier, car il semblait qu'il y avait de nombreuses questions à régler, des contrats à signer et des baux à conclure par son avocat dans le pays. ville endormie, et il lui faudrait plusieurs jours avant de pouvoir se rendre à Newport. Même le *Blue Wing n'était pas* à sa disposition, car un accident dans la salle des machines l'avait mis hors service pendant au moins deux semaines.

donc à l'inévitable et prit une chambre dans un hôtel, résolument déterminé à aller jusqu'au bout, conscient entre-temps d'un fervent espoir que l'inhabituel puisse se produire – la foudre pourrait frapper. Il avait connu la haine et la peur, mais l'amour lui avait jusqu'ici échappé. Pourquoi, il ne le savait pas, sinon qu'il n'avait jamais voulu percevoir cette émotion lorsqu'elle était présentée sous des formes conventionnelles – et comme aucune autre forme n'était possible, il avait simplement cessé d'y réfléchir. Mais se marier un jour , il le faudra bien sûr. Mais qui ? Il ne se doutait pas du moment où il le saurait. Miss Patricia Wharton ne pensait pas avoir quelque chose à voir avec cela. En fait, les pensées de Patricia à cette époque étaient loin d'être liées au mariage. Patricia s'ennuyait. Pendant un mois, tandis que Wharton père faisait bouillir sa goutte aux sources sulfureuses , Patricia s'était consciencieusement assise et se balançait, tapant du pied avec impatience, regardant d'heure en heure moins un monument de Patience et ne souriant pas du tout.

Ils étaient enfin à Philadelphie. Wilson avait ouvert deux chambres dans la maison et une cessation rapide des affaires de David Wharton les aurait bientôt amenées à Bar Harbor. Mais quelque chose s'est mal passé au bureau de Chestnut Street, et Patricia, autrefois agneau et maintenant mouton de sacrifice, se retrouvait à ce moment précis condamnée à une autre semaine d'attente épuisante.

Pour aggraver les choses, aucune fille dont Patricia savait qu'elle n'était en ville, et s'il y en avait, le téléphone refusait de les découvrir. La maison de sa tante était à Haverford, mais elle savait qu'une invitation à dîner là-bas signifiait de vieux cousins quakers et ce genre d'informalité grinçante qui montre un besoin d'huile aux joints. Ce lubrifiant que Patricia n'avait pas l'intention de fournir. Elle préférait s'ennuyer seule plutôt qu'en compagnie. Elle se retrouva à soupirer pour Bar Harbor comme elle n'avait jamais soupiré auparavant. Elle imaginait la chaumière, fraîche et grise parmi les rochers, le bol bleu de la mer avec son bord juste au bord de sa fenêtre, les vagues bruyantes et l'odeur saumâtre avec sa légère suggestion de choses fraîches et curieuses qui revenaient nouvellement respirées. du cœur des profondeurs. Elle pouvait entendre « Country Girl » hennir d'impatience depuis l'écurie lorsque Jack Masters de « Kentucky » descendait de « The Pinnacle » pour s'enquérir.

En effet, alors qu'elle sortait sur la place dans l' après-midi , elle se retrouva replongée dans une introspection minutieuse et quelque peu sordide. C'était peut-être la météo. Les jours de canicule s'étaient sûrement installés pour de bon dans la ville endormie. Aucun souffle ne remuait les arbres affamés, l'odeur de l'asphalte chaud flottait dans l'air, les criquets bourdonnaient vigoureusement partout, les cloches des tramways sonnaient faux et le soleil laissait dans le ciel une traînée brûlante, un augure colérique du lendemain.

Patricia se laissa tomber sur un banc et fouilla violemment la promenade avec son ombrelle. Elle éprouvait une certaine satisfaction sinistre à être plus seule que d'habitude. Pauvre Patricia ! qui, d'un simple doigt, aurait pu appeler à ses côtés n'importe lequel des cinq estimables descendants de familles stupides et distinguées. Seul quelque chose de nouveau, quelque chose de difficile et d'extraordinaire pourrait la sortir du bourbier désespéré dans lequel elle s'était retrouvée précipitée.

Andromède attend Persée sur un banc de Rittenhouse Square ! Elle sourit largement et sans retenue au visage de M. Mortimer Crabb.

CHAPITRE VI

C'était un visage agréable, sur lequel, à sa grande surprise, un sourire apparut tout à coup comme en réponse au sien. Les yeux de Patricia baissèrent rapidement – avec calme, comme il convient à ceux d'une femme convenable, et pourtant, dans la brève seconde où les yeux du grand jeune homme rencontrèrent les siens, elle avait remarqué qu'ils étaient gris, comme blanchis par le soleil, mais très clairs. et pétillant. Et lorsqu'elle leva la sienne pour regarder au-delà du banc d'en face, sa conscience refusa de nier qu'elle ait apprécié ce regard. Les yeux souriaient-ils *à elle* ou *avec* elle ? Cette distinction pose une question de morale. Leur éclat était-il interrogateur ou intrusif ? Elle aurait juré que la bonne humeur, la bienveillance (si la bienveillance peut se trouver aux yeux de trente-deux ans) et un certain intérêt poli en étaient les véritables ingrédients. Tout cela était très intéressant. Elle se surprit par une curiosité non dénuée de vivacité quant à sa vie et à sa vocation, et par l'absence de toute sorte d'appréhension face aux *contretemps* .

Les ombres sous les arbres fanés s'approfondissaient. Le soleil s'est couché vers l'ouest et a soudainement disparu avec toute sa traîne d'or et de pourpre. Patricia jeta un regard furtif à sa voisine. Elle confirma triomphalement son diagnostic. L'homme était perdu dans la lueur du coucher du soleil. L'importunité et lui étaient à des kilomètres l'un de l'autre.

Il se peut que les yeux de Patricia étaient plus puissants que le coucher du soleil, ou que sa déduction triomphale était basée sur une fausse prémisse, ou que le jeune homme l'avait observée pendant tout ce temps du bout de son œil bienveillant ; car, sans le moindre avertissement, sa tête se tourna brusquement pour trouver les yeux de la malheureuse Patricia de nouveau fixés sur les siens. Même si elle se détournait rapidement, le regard échangé était suffisamment long pour révéler le fait que l'étincelle était toujours là et pour éveiller le soupçon qu'elle n'avait jamais été dissipée. Le caractère du sourire ne la rassurait pas non plus. Elle n'était plus du tout sûre maintenant qu'il ne souriait pas à la fois *avec elle* et *à* elle.

La tête rapidement détournée, le mouvement du menton ne semblaient que trop inappropriés à la situation ; pourtant elle profita de ces remparts de pudeur vierge dans un effort vertueux pour réfuter le témoignage inconscient de ses yeux malchanceux. L'instinct suggérait une fuite immédiate. Mais Patricia ne bougeait pas. Il s'agissait bien ici d'un cas où fuir signifiait confession. Elle sentit plutôt qu'elle ne vit son regard la parcourir de la tête aux pieds, et luttant comme elle le pouvait, la couleur chaude monta sur sa joue et son front. Si elle avait apprécié la situation un instant auparavant, l'impertinence, si subitement née, la remplissait de consternation. Par un subtil raisonnement féminin, elle réussit à éliminer sa part dans cette aventure insignifiante et ne voyait plus que le péché de l'homme offensant. Enfin, elle se releva, avec une dignité blessée et méprisante, et marcha sans regarder ni à gauche ni à droite.

Il y eut un bruit de pas fermes et rapides, puis une voix grave à son coude.

«Je vous demande pardon», disait-il.

Le chapeau de paille relevé, la tête inclinée, les tons doux, les yeux gris (encore bienveillants), pourtant peu alarmants en eux-mêmes, la remplissaient d'une inquiétude bien réelle. Quoi qu'il ait fait auparavant, c'était sûrement insupportable. Elle était sur le point de se détourner lorsque son regard tomba sur son bras tendu et sur son infortunée ombrelle.

« Je vous demande pardon, répéta-t-il, mais n'est-ce pas à vous ? »

« Je vous demande pardon, répéta-t-il, mais n'est-ce pas à vous ? '»

Le sang lui monta de nouveau au visage et ce fut avec un embarras, une *gaucherie* dont elle ne se souvenait pas, qu'elle tendit la main vers l'ombrelle égarée. Aucun son ne sortait de ses lèvres ; la tête baissée, elle le lui prit. Mais à mesure qu'elle avançait, elle découvrit qu'il marchait aussi, avec elle, directement à ses côtés. Pendant un instant, elle fut glacée de terreur.

« J'espère que vous me laisserez partir, dit-il froidement, je suis vraiment tout à fait inoffensif. Si tu savais… si seulement tu savais à quel point je m'ennuie terriblement , je ne te dérangerais vraiment pas du tout.

Patricia lui jeta un coup d'œil rapide, ses craintes curieusement diminuées.

« Je suis ce que les défunts appellent une victime des circonstances », poursuivit-il. « Je ne demande pas de pire sort pour mon plus cher ennemi que d'être envoyé sans ami dans ce désert de perrons blanchis et de portes barricadées – pour servir le demi-dieu de votre ville, Procrastination. C'est ce que j'ai fait pendant quarante-huit heures avec un cher souvenir d'un passé mais sans espoir pour l'avenir. Si la fontaine de jouvence devait jaillir avec espoir de la fontaine à eau du bureau de mon vieil avocat, il la regarderait de travers et soupirerait pour les lies du trouble Schuylkill.

Même si elle s'efforçait de hausser les sourcils, Patricia souriait désormais malgré elle.

«J'ai suivi la marée sinueuse le long de l'étroit cañon que vous appelez Chestnut Street, j'ai observé tranquillement le wagon à charbon et sa queue de chariots, ou je me suis assis dans mon hôtel en m'efforçant de dépoussiérer les toiles d'araignées accumulées, une petite molécule inquiète de inconsolation. Je suis bloqué, abandonné. En comparaison, Crusoé était grégaire.

Pendant ce temps, ils marchaient vers le nord. Tout au long du chemin jusqu'à Chestnut Street, Patricia se demandait si elle devait être plus alarmée ou amusée. Une chose dont elle était assurée, c'est qu'elle ne s'ennuyait plus. Le sentiment de la violence faite à ses traditions lui pendait comme une meule autour du cou ; et pourtant Patricia se retrouva à regarder avidement par le trou pour écouter la voix séduisante de la non-convention .

Lorsque Patricia réussit à faire entendre sa voix, elle n'était pas tout à fait sûre que ce soit la sienne.

« Vous êtes une personne impertinente », se surprit-elle à dire.

"Tu ne peux pas pardonner?"

"Non."

« Les circonstances sont contre moi, dit-il, mais je vous donne ma parole, j'ai un logement dans ma propre ville, un ami ou deux et un certain penchant pour la vertu.

"Même si c'est le cas, parlez à des étrangers..."

«Mais je ne le fais pas. C'était le parasol béni. Sinon, je n'aurais pas dû oser.

« Et le penchant pour la vertu… »

«Eh bien, c'est exactement la raison. Tu ne vois pas ? C'était toi! Vous respiriez assez la gentillesse. Viens maintenant, je suis l'humilité elle-même. J'ai péché. Comment puis-je expier ?

"En me laissant rentrer dîner à la maison."

Patricia riait cette fois. L'homme regardait sa montre.

"Quelle brute je suis!" Il s'arrêta, ôta son chapeau et se détourna. Et c'est ici qu'un petit génie frivole a mis des mots spontanés sur la langue de Patricia.

«Je n'ai pas terriblement faim», dit-elle.

Après tout, il avait été impertinent et très courtois.

En un instant, il était de nouveau à ses côtés.

«C'était gentil de ta part. Peut-être que tu m'as pardonné.

"N—non", avec une inflexion croissante.

"Viens maintenant! Soyons amis, juste pour ce petit moment. Commençons tout de suite à croire que nous nous connaissons depuis toujours, rien que pour ce soir. Je quitterai la ville demain et nous ne nous reverrons plus. J'en suis certain.

"Comment puis- je en être sûr?" Patricia parlait comme si elle réfléchissait à voix haute.

« Ils m'ont promis cette fois. Je pars demain. Si mes papiers ne sont pas prêts , je partirai sans eux.

« Veux-tu me donner ta parole ?

"Sur mon honneur."

Patricia se tourna pour la première fois et le regarda directement. Quelle valeur pouvait-elle accorder à l'honneur d'un être qu'elle ne connaissait pas ? Quel que soit le processus d'examen féminin, elle semblait satisfaite.

"Que puis-je faire? C'est presque le crépuscule.

"J'étais sur le point de suggérer... euh... j'ai pensé que peut-être tu serais prêt à... euh... aller manger un morceau... en fait, dîner."

Patricia s'arrêta et le regarda avec une abstraction surprise. Le mot et son train d'idées associées ont évolué de manière significative à partir de son mental à l'envers. Dîner! Avec un homme étrange dans un lieu public ! Le mot prosaïque prenait des significations nouvelles et curieuses, non écrites dans le lexique de son code. Il y avait la présentation tangible de son péché : qu'elle puisse lire et courir pendant qu'il en était encore temps. Comment tout cela s'était-il passé ? Qu'avait dit cette personne insolente pour qu'elle puisse s'oublier si longtemps ?

Sans un mot d' explication , ses petits pieds descendirent précipitamment la colline tandis que ses grands marchaient à ses côtés en protestant .

"Bien?" dit-il enfin.

Mais elle ne lui répondit rien et se contenta de marcher plus vite.

"Vous allez?"

« À la maison… tout de suite. » » Elle parlait avec une froideur incisive.

Il marcha quelques instants en silence, puis dit avec assurance :

"Tu a peur."

Pour répondre, elle se contenta de secouer la tête.

"C'est vrai", a-t-il poursuivi. "Tu a peur. Il y a un instant, tu étais prêt à oublier que nous venions de nous rencontrer. Maintenant, en un instant, tu es prêt à oublier que nous nous sommes rencontrés.

Mais elle ne répondait pas.

Il jeta un coup d'œil à l'équilibre de la tête hautaine juste en dessous de la sienne. Était-ce une fausse vertu ? Il se sentait tout à fait justifié de le croire.

Ils avaient atteint un coin. Patricia s'arrêta.

« Vous me laisserez venir ici, n'est-ce pas ? Vous ne me suivrez pas et n'essaierez pas de découvrir quoi que ce soit, n'est-ce pas ? Dites que vous ne le ferez pas, s'il vous plaît, s'il vous plaît ! Tout cela a été une terrible erreur – à quel point je ne le savais pas jusqu'à présent – jusqu'à maintenant. Je dois y aller... seul, tu comprends... seul...

"Mais il commence à faire noir, tu..."

"Non non! Cela n'a pas d'importance. Je n'ai pas peur. Comment puis-je être… maintenant ? S'il vous plaît, laissez-moi partir, seul. Au revoir !

Et en un instant , elle avait disparu dans la rue transversale.

CHAPITRE VII

Mortimer Crabb observa la silhouette qui s'éloignait.

« Hm », dit-il, « la question éternelle – comme d'habitude – sans réponse. Et pourtant j'aurais juré que ce parasol sur la place…

Il avait toujours eu une attitude de patronage amusé et tolérant envers la Ville de l'amour fraternel – c'était le droit de naissance de tout New-Yorkais typique – et pourtant, depuis cette aventure insignifiante de Rittenhouse Square, il avait découvert des vertus insoupçonnées dans la métropole de Pennsylvanie. C'était une ville non pas d'appartements, mais de maisons – des maisons dans lesquelles les hommes vivaient avec leurs familles et élevaient des enfants intéressants à l'ancienne mode – une ville de progrès conservateur, d'association historique, de tradition bien gardée – une ville américaine. ville, en bref – ce que New York n'était pas. Au Bachelors' Club, il chanta ses louanges et évoqua un projet d'hivernage là-bas, mais on se moqua de ses efforts. Il fallait s'attendre à tout ce qui était inhabituel et extraordinaire de la part de Mortimer Crabb. Mais un hiver à Philadelphie ! C'était trop absurde.

Crabb ne répondit rien. Il se contenta de sourire poliment et lorsque le *Blue Wing* fut mis en service, il partit en croisière sans autre compagnie que ses pensées et le capitaine Jepson. Jepson, dans des circonstances ordinaires, aurait suffi, mais maintenant Mortimer Crabb passait beaucoup de temps dans un transat à lire un recueil de poèmes ou à regarder paresseusement le tourbillon d'écume dans le sillage du navire. Jepson se demandait à quoi il pensait, car Crabb n'était pas un homme à passer beaucoup de temps à rêver, et le capitaine aurait donné beaucoup de choses pour savoir. Il aurait été surpris si Mortimer Crabb le lui avait dit. À vrai dire, Crabb pensait… à un parasol. Il se demandait si, après tout, son jugement avait été erroné. La dame de la place avait laissé le parasol, c'était vrai. Mais alors toute la tribu des parasols et des parapluies semblait née pour être négligée et oubliée, et il n'y avait aucune raison pour que ce spécimen particulier du genre soit exempt des fragilités de son espèce. D'après ses souvenirs, il s'agissait d'un objet fragile en soie verte et en dentelle, de toute évidence une friperie française qui pourrait facilement se rendre coupable d'une telle forme de méchanceté.

Cela l'avait longtemps inquiété de penser qu'il avait pu mal juger la princesse endormie – comme il avait appris à l'appeler – et il savait que cela continuerait à l'inquiéter jusqu'à ce qu'il le prouve par lui-même d'une manière ou d'une autre. Avait-elle vraiment oublié le parasol ? Ou ne l'avait-elle pas oublié ?

La croisière terminée, l'été s'est prolongé jusqu'à l'automne et l'hiver a trouvé Mortimer Crabb établi en résidence dans un hôtel à la mode de Philadelphie.

Des lettres étaient venues de New York à certaines douairières de Philadelphie dans les conseils des puissants, à la fin qu'en temps voulu Crabb accepta plusieurs dîners désirables, et avant qu'il s'en rende compte, il se retrouva en pleine saison sociale. Ainsi , lorsque le soir de l'Assemblée arriva, il se retrouva à dîner chez l'un de ses parrains dans une fête entièrement consacrée à la magnificence de trois jeunes femmes tremblantes, qui devaient recevoir leur cachet et leur certificat d' *éligibilité* en assister à cette fonction ancienne et honorable.

C'est juste en haut des marches menant au hall de la salle de bal que Crabb rencontra Patricia Wharton dans la foule, face à face. La rencontre était inévitable. Il vit la brève question dans son regard avant qu'elle ne le pose, le sourire disparu, la pâleur momentanée, puis il se rendit compte qu'elle était passée, ses yeux regardant au-delà de lui, ses sourcils légèrement relevés, ses lèvres serrées, la lettre même. d'indifférence et de mépris. C'était une coupe avancée à la dignité d'un bel art. Crabb sentit le rouge lui monter aux tempes et entendit le jeune bourgeon à ses côtés dire :

« Qu'y a-t-il, M. Crabb ? On dirait que tu as vu le fantôme de toutes tes transgressions passées.

« *Tous* , Miss Cheston ! Oh, j'espère que je n'ai pas l'air aussi mauvais que ça," rit-il. "Un seul, un tout petit."

« Dis-le-moi », cria le bourgeon.

"Tout d'abord, exécutons en toute sécurité le gantlet des lorgnons."

Une fois le groupe réuni et passé devant les grenadiers qui gardaient jalousement les remparts intérieurs sacrés, Crabb était heureux de confier son compagnon à un autre, tandis qu'il cherchait à se retirer derrière un banc d'azalées pour observer les danseurs en mouvement. Donc elle *était* vraiment quelqu'un. Il commença, un instant, à douter du témoignage des regards vagabonds et du parasol coupable. Aurait-il pu se tromper ? Avait-elle vraiment oublié le parasol après tout ? La situation était assez brutale pour elle et il était tout à fait disposé à respecter sa délicatesse. Ce qui lui déplaisait, c'était la façon dont elle l'avait fait. Elle avait pris l'habitude de se cacher avec colère et se tenait à distance avec toutes ses armes de femme aiguisées. La lèvre retroussée et l'œil plissé exprimaient un degré de dédain tout à fait disproportionné par rapport à l'offense. Mais il prit rapidement la résolution de ne pas la chercher ni croiser son regard. Si c'était sa faute, c'était la seule réparation qu'il pouvait lui offrir.

Alors qu'il tournait autour de la pièce avec son petit bourgeon, il l'aperçut du côté opposé et manœuvra de telle sorte qu'il ne voulut pas s'approcher. Lorsqu'il eut guidé son partenaire jusqu'à un siège, il ne lui fallut pas longtemps pour satisfaire une curiosité très naturelle.

« Veux-tu me dire, » demanda-t-il , « qui est – non, ne regarde pas maintenant – la fille à la robe noire à paillettes ?

"OMS? Où?" » demanda Miss Cheston. « Patricia, tu veux dire ? Bien sûr! Mlle Wharton, ma cousine. Vous ne l'avez pas rencontrée ?

"Euh non! Elle est jolie.

« N'est-ce pas ? Et la créature la plus chère, mais plutôt froide et un peu pincée.

" Pri ... Oh, vraiment ! "

"Oui! Nous sommes des Quakers, vous savez. Elle appartient au groupe les plus âgés. C'est peut-être pour cela qu'elle semble un peu froide et… euh… conventionnelle.

"Couvent-! Oh oui bien sûr."

« Vous savez que nous sommes vraiment plutôt décontractés, si seulement vous nous connaissez. Certains des débats de cette année sont vraiment très épouvantables.»

"Comme c'est choquant, et Miss Wharton n'est pas terrible ?"

« Oh, chérie, non. Mais elle est terriblement amusante. Viens, tu dois la rencontrer. Laissez-moi vous prendre en charge.

Mais la chance, en la personne de Stephen Ventnor, est intervenue.

C'était l'inattendu qui allait se produire. Crabb revenait de table avec une faveur. Son regard parcourut la rangée de chaises dans une brève recherche infructueuse. M. Barclay, qui menait le cotillon, croisa son regard à ce moment psychologique précis.

« Échoué, Crabb ? Laissez-moi vous présenter à… »

Il ne prononça aucun nom mais partit en un instant, se faufilant parmi ceux qui étaient sur le sol. Crabb le suivit. Lorsqu'il eut réussi à échapper aux danseurs imminents et qu'il eut atteint l'autre côté de la pièce, Barclay était là, penché.

« Un type terriblement gentil… un étranger », disait-il, puis à voix haute : « Miss Wharton, puis-je vous présenter… M. Crabe ?

Tout fut fini en un instant. La salle bondée avait caché la robe noire et les cheveux blonds. Mais c'était trop tard. Barclay partit en une seconde et ils se regardèrent de nouveau dans les yeux, Patricia pâle et froide comme de la pierre, Crabb un peu mal à l'aise face à cette situation embarrassante qui, même si les apparences étaient contre lui, n'était pas de son choix.

Crabb inclina la tête et tendit la main qui portait sa faveur. Ils baissèrent tous les deux les yeux, cherchant dans ce bibelot innocent un refuge momentané contre la situation difficile. C'est alors pour la première fois que Crabb découvrit ce qu'il lui offrait : un petit parasol frivole en soie verte.

Elle le regarda de nouveau, les yeux flamboyants, mais elle se leva et regarda autour d'elle comme si elle cherchait un moyen de s'échapper. Il s'attendait bien à ce qu'elle refuse de danser, et s'apprêtait à se retirer aussi gracieusement que possible lorsque, le menton dressé et les yeux qui regardaient et portaient son esprit bien au-delà de lui, elle prit l'ombrelle et le suivit sur le sol.

Mais la subtilité de suggestion qui semblait posséder la petite comédie particulière de Crabb devait être développée de manière encore plus amusante. La figure dont ils faisaient partie était un joli tourbillon de fleurs et de rubans multicolores, dans lequel les ombrelles vertes étaient destinées à jouer un rôle . Un mât de mai miniature a été apporté et les parasols ont été attachés aux rubans dépendants en fonction de leur couleur.

Au fur et à mesure que la figure progressait et que les danseurs s'entrelaçaient, Crabb ne pouvait manquer de remarquer le camouflet intentionnel récurrent. Il se sentait innocent dans cette situation malheureuse, et cette inutile démonstration d'hostilité si clairement exprimée lui semblait de très mauvais goût. Chaque fois qu'il passait devant l'épaule affichée, le menton relevé ou la lèvre retroussée, il constatait que son humilité grandissait de moins en moins jusqu'à ce que, alors que la danse approchait de sa fin, il rayonnait d'une colère très juste. Si elle avait eu l'intention de le refuser complètement, elle aurait dû choisir l'occasion dès qu'il s'était présenté pour la première fois. Et en la dépassant, il se réjouit de découvrir qu'elle avait choisi par inadvertance l'autre extrémité du ruban attaché à l'ombrelle même qu'il portait. Une fois le bal de mai terminé, Miss Wharton trouva M. Crabb à ses côtés, lui tendant le parasol vert exactement comme il lui avait remis l'autre sur la place six mois auparavant.

« Je vous demande pardon, » disait-il d'un ton interrogateur, « mais n'est-ce pas à vous ?

L'accent et l'œil bienveillant étaient indubitables. S'il y avait une flèche dans son carquois de mépris , son effronterie la désarmait complètement. Si les regards avaient pu tuer, Crabb aurait dû mourir sur le coup. Assurée de la profondeur de son infamie, elle ne put que murmurer assez faiblement :

"Je vais m'asseoir immédiatement, s'il vous plaît." En effet, Crabb était un cadavre très vivant. Il lui souriait froidement.

« Certainement, si vous le souhaitez. Seulement… euh… j'espère que vous me laisserez partir.

Comme elle le détestait ! Les mots prononcés à nouveau avec la même effronterie souriante semblaient être de nouveau gravés dans sa mémoire. Ne pourrait-elle jamais se libérer de cet homme inévitable ? Son siège était au fond de la pièce.

« Je pense que vous m'avez fait une injustice », dit-il doucement, puis : « Cela a été une danse agréable. Merci beaucoup."

"Merci", répondit Patricia avec acidité, et il disparut.

CHAPITRE VIII

Miss Wharton renvoya sa femme de chambre fatiguée et se jeta dans un fauteuil. Situation odieuse ! Sa peccadille l'avait découverte ! Ce qui rendait la situation encore pire, c'était l'impeccabilité naïve de son méchant. De toutes parts, elle entendait chanter ses louanges. Et cela la contrariait de n'avoir pu rien apporter à son détriment. Bien sûr, après l'avoir vue quitter le parasol, il aurait été stupide de sa part de... de la laisser l'oublier. Dans ses pensées, cette aventure était depuis longtemps tolérée. C'était cette nouvelle *rencontre* qui l'avait tant bouleversée. Cela la mettait en colère de penser à quel point il lui accordait peu de délicatesse lorsqu'il avait demandé à Jack Barclay de le lui présenter. S'ils s'étaient rencontrés par hasard, cela aurait été différent. Elle aurait été très polie, mais pas rétrospective ; et il aurait cru que sa perception de la situation était la même. Qu'il avait attaqué ses barrières impuissantes, l'avait qualifié de brute, l'avait dépouillé de tous les vêtements de sensibilité dont elle l'avait vêtu. Cela la mettait en colère de penser que son imagination avait jugé bon de le rendre différent de ce qu'il était. Mais, mêlée à sa colère, elle fut surprise de découvrir aussi de la déception. C'était cette–cette personne qui partageait avec elle le secret de sa seule iniquité.

Elle tira avec impatience sur ses longs gants et se releva d'un air déterminé. Ainsi Miss Wharton chassa complètement de son esprit l'importun M. Crabb ; jusqu'au jeudi soir suivant au dîner chez les Hollingsworth .

"Patty, chérie, as-tu rencontré M. Crabb?" » disait Mme Hollingsworth.

Miss Wharton l'avait fait à l'Assemblée.

M. Crabb a poliment fait écho ; et Patricia le détestait pour son sourire nébuleux qui semblait contenir des significations cachées. Mais elle se montra à la hauteur d'une manière qui parut déconcerter son compagnon, qui ne répondit à son feu rapide de lieux communs que par monosyllabes. A table, elle trouva refuge de l'autre côté, chez un Italien de l'ambassade de Washington, dont le français boitait mais dont l'anglais était infirme. Et ainsi ils hachaient et bégayaient, à la manière d' Ollendorf , à travers les huîtres et la soupe, tandis que Crabb s'occupait de la fille de la maison de l'autre côté. Mais Patty comprit enfin que M. Crabb parlait.

"Miss Wharton", commença-t-il, "je crains d'avoir été quelque peu mis sous un nuage."

"Vraiment," répondit-elle gentiment, "comment ça?"

Un peu déconcerté mais pas consterné, il poursuivit :

"À cause de la manière dont nous nous sommes rencontrés."

"Notre rencontre!" dit-elle avec incertitude.

« À l'Assemblée, vous savez. Je pensais que peut-être... vous pensiez... que j'avais demandé à être présenté.

« N'est-ce pas ? Alors, comment nous sommes-nous rencontrés ?

Il ne pouvait qu'admirer son *sang-froid* . Elle souriait d'un sourire évasif à la pièce maîtresse.

«Euh... je devrais expliquer. J'étais à la dérive et Barclay est venu à mon secours. Je te donne ma parole, je ne savais pas que c'était vers toi qu'il m'emmenait. Tout était fini en une seconde.

« Alors tu ne voulais vraiment pas me rencontrer ? Je suis vraiment désolé."

Elle avait lentement tourné son visage vers le sien et le regardait fixement dans les yeux. C'était un défi, pas une pétition. Il a répondu à sa poussée équitablement.

« Ma chère Miss Wharton, sourit-il, comment pourrais-je savoir à quoi vous ressemblez... euh... si je ne vous avais jamais vue ? »

Cette fois, il fit voler son arme.

« Ce que je souhaite que vous compreniez, poursuivit-il d'un ton ferme, c'est que je ne savais pas que Barclay m'emmenait vers vous. Je souhaite du crédit pour une certaine délicatesse. Je n'aurais pas dû m'imposer à vous.

"Je suis sûre que cela ne devrait pas du tout me déranger", dit-elle légèrement. "Je ne suis pas si difficile que ça."

Dès qu'elle eut parlé, elle comprit qu'elle avait dépassé son objectif.

« C'est vraiment gentil de ta part, tu sais. Je suis sûr que vous admettrez que je n'avais aucun moyen de savoir, a-t-il ajouté, à quel point vous étiez difficile.

Elle rougit un peu avant de revenir à l'attaque.

« Bien sûr, une fille souhaite savoir un peu quelque chose sur un homme avant... »

"Avant qu'elle ne se permette de le mal juger." Il a souri. "Franchement, vous sentez-vous dans une meilleure position pour me juger maintenant qu'avant——"

"Devant l'Assemblée?" elle l'interrompit. "Je pense que oui. On ne mange pas avec son couteau », en riant. « Vous avez du respect pour la serviette. Les gens disent que tu es intelligent. Pourquoi ne devrais-je pas les croire ?

« Si tel est votre credo moral, je suis la respectabilité elle-même. Peux-tu douter de moi ? Pourquoi ne seras-tu pas franc ? Si je suis respectable , pourquoi n'auriez-vous pas dû me rencontrer ?

« Je ne suis pas sûr d'y avoir beaucoup réfléchi. Comment saviez-vous que je ne souhaitais pas vous rencontrer ?

"Comment pourrais-je le savoir?"

Elle leva les yeux vers lui, une nouvelle expression sur le visage.

"Je ne l'ai pas fait," dit-elle doucement, "Je—je—détestais la simple pensée de toi."

Crabb regarda sa truffe d'un air contemplatif. «Je vous remercie pour votre franchise», répondit-il enfin.

Puis après une pause : « Si vous me pardonnez, je vous promets de ne plus mentionner ce sujet. »

« Et si je ne te pardonne pas ?

"Tu es à ma merci pour cette heure au moins", rit-il.

"Je peux toujours prendre l'avion pour l'Italie", a-t-elle répondu. "Je pourrais te pardonner, je pense, mais pour une chose."

Il regarda la question.

« Ce dîner. Est-ce au hasard que je dois l'honneur de votre société ?

Le regard de Crabb s'était posé sur la table, mais elle y avait déjà vu une telle étincelle une fois auparavant. Et quand il la regardait, il n'avait pas disparu.

"Tu veux dire--"

Elle continuait à le regarder fixement.

« Tu veux dire : est-ce que je l'ai arrangé ? » Il a demandé.

Patricia baissa la tête.

« Comment aurais-je pu faire cela ? a-t-il insisté.

«Nick Hollingsworth n'est-il pas un de vos amis intimes?»

"Oui, mais je ne vois pas..."

« Allez-vous le nier ?

« J'ai bien peur que vous deviez me prendre un peu sur la foi », a-t-il plaidé.
« De toute façon, vous ne souffrirez pas longtemps. Je quitte la ville dans
quelques jours.

"Pour longtemps?" » demanda-t-elle poliment.

« Pour de bon, je pense. Ne me laisses-tu pas venir te voir avant ?

"Peut-être--"

Mais Mme Hollingsworth avait jeté son regard sur la ligne et reculé sa
chaise.

Lorsque les hommes descendirent dans le salon, M. Crabb découvrit que
Miss Wharton s'était soigneusement installée au centre d'un périmètre de
jupes qui défiait la désintégration et la répartition. Il y eut de la musique et
ensuite un appel de voitures. Ainsi, M. Crabb n'a plus revu Miss Wharton
cette nuit-là. Patricia, d'ailleurs, ne le revit plus. Le lendemain, il a appelé. Elle
était sortie. Puis vint un mot et quelques roses. Les affaires l'avaient appelé
plus tôt que prévu. Il la pria de l'assurer de sa considération distinguée ; allait-
elle lui pardonner maintenant qu'il était parti, accepter cette nouvelle
impertinence et oublier toutes celles qui l'avaient précédé ?

Patricia accepta l'impertinence ; et pendant plusieurs jours, cela remplit sa
petite chambre blanche d'odeurs séduisantes qui rendirent son dernier
avertissement plus difficile.

CHAPITRE IX

Les mois d'hiver passèrent et Crabb ne revint pas. Juillet retrouva les Wharton à Bar Harbor. Patricia sortait des heures durant dans son canot ou son voilier, se réjouissant, les joues bronzées et les muscles durcis, des buffets et des caresses de Frenchman's Bay. C'était un tout petit catboat qu'elle avait appris à diriger elle-même et dans lequel elle ne tolérait aucune main masculine à la barre, sauf dans les coups les plus violents.

Par un après-midi tranquille, au début du mois d'août, elle naviguait seule vers Sorrente. C'était l'une de ces brillantes journées de la Nouvelle-Angleterre où chaque détail de l'eau et du ciel brillait comme une améthyste. Çà et là, une voile découpait un losange jaune et pointu dans les bois de velours. Patricia écoutait distraitement le clapotis des petites vagues et se surprit à penser à nouveau, plutôt inconfortablement, à la seule personne qui l'avait prise au dépourvu et l'avait retenue là. S'il n'était resté à Philadelphie qu'une semaine de plus, elle aurait au moins pu prendre sa retraite avec tambours battants et couleurs battantes.

Un bruit la distraya. Elle regarda sous le vent sous la voile relevable et sur sa proue, bien au large au large de Stave Island, elle pouvait distinguer les lignes d'un canot renversé et de deux personnages dans l'eau. Elle détacha rapidement l'écoute, déplaça son casque et se précipita rapidement sur les malheureux. Elle pouvait voir un homme se tenant à une extrémité du canot et soulevant l'autre en l'air, essayant de faire sortir l'eau ; mais chaque fois qu'il le faisait, un chien bull terrier nageait jusqu'au plat-bord et le renversait à nouveau. Elle fila sous le vent et, faisant habilement tourner sa petite embarcation sur sa gîte, se retrouva face au vent à côté.

"Comment vas-tu?" dit la personne moite en souriant.

Les cheveux lui tombaient sur les yeux. Il ne s'étonnait guère qu'elle ne le reconnaisse pas.

"M. Crabb ! dit-elle enfin, plutôt faiblement, "comment es-tu arrivé..."

«C'était le chien», dit-il joyeusement. "Je pensais qu'il comprenait les canoës."

« Il vous a peut-être noyé. Eh bien, c'est "Teddy" de Jack Masters", a-t-elle crié. "Ici, Teddy, montez à bord immédiatement, monsieur." Elle s'est penchée sur le faible franc-bord et, à force de tirer, a réussi à le faire entrer.

Entre-temps, le catboat s'était éloigné du canoë. Crabb avait enfin réussi à entrer et s'enfuyait maintenant avec sa casquette.

"Tu ne viendras pas ?" cria Patricia.

"Oh, je vais bien," répondit-il. "C'était le chien qui m'inquiétait." Puis, pour la première fois, il se rendit compte que la pagaie avait dérivé et flottait désormais à une centaine de mètres.

"Je suis désolé, mais ma pagaie est à la dérive."

Alors Patricia, au milieu des aboiements répétés de Teddy rajeuni, revint à nous.

Là était assis Crabb, débraillé et dégoulinant, dans trois pouces d'eau, ses mains vides sur les plats-bords, regardant plutôt bêtement les yeux bleus qui souriaient plutôt fantaisistement.

Elle ne put résister à la tentation de le plaisanter. Si elle avait prié pour se venger, rien de plus doux ne lui aurait été envoyé.

"Vous avez l'air plutôt… euh… maussade", dit-elle.

« Ce n'est pas le cas », répondit-il calmement. "Je n'ai pas été aussi heureux depuis des mois."

"Qu'est-ce qui pourrait m'empêcher de partir et de vous quitter ?" elle a ri.

«Rien», dit-il. "Je vais bien. Je nagerai jusqu'à la pagaie quand je serai reposé.

"As-tu pensé que je pourrais emporter ça avec moi aussi?" » demanda-t-elle gentiment.

"Très bien", rit-il, essayant de réprimer les claquements de dents. "Quelqu'un va bientôt arriver."

« Ne sois pas trop sûr. Vous êtes vraiment à ma merci.

"Tu n'as pas toujours été aussi méchant."

"M. Crabb ! Patricia, confuse, se retira vers la barre. « Vous êtes impudent ! » Elle a remonté son écoute et le bateau a avancé.

"S'il vous plaît, Miss Wharton, s'il vous plaît!" il cria. Mais Patricia ne bougea pas de la barre et le catboat s'éloigna. Il la regarda descendre et récupérer la pagaie puis se diriger vers lui.

"Ne me pardonneras-tu pas et ne m'accueilleras pas?"

«Je suppose que je dois le faire. Mais je suis sûr que je préférerais que tu te noies. Je n'ai guère envie de braises.

"Mais je le suis," bavarda-t-il, "car j'ai vraiment froid."

« Vous ne le méritez pas. Mais si tu te noyais, je suppose que j'en serais responsable. Je ne t'aurais plus sur ma conscience pour rien au monde.

"Alors s'il te plaît, emmène-moi sur ton bateau."

"Voulez-vous bien vous comporter?"

"J'essaierai."

« Et ne faites plus jamais référence à… à… »

"Euh——"

"Alors s'il vous plaît, entrez, hors de la pluie."

C'est vers la fin du mois d'août, alors que le vent du sud-est avait soulevé une mer grise et orageuse, que deux personnes s'assirent sous le vent d'un rocher près de Great Head et regardèrent les brisants géants se briser en écume. Ils étaient assis très près l'un de l'autre et le peu qu'ils disaient était noyé dans le rugissement des éléments. Mais ils s'en fichaient. Ils étaient prêts à simplement s'asseoir et à regarder les luttes infructueuses des eaux gonflées.

« Ne veux-tu pas me parler de ce dîner, dit enfin la jeune fille ? N'avez-vous pas vraiment demandé à Mme Hollingsworth de vous envoyer avec moi ?

L'homme regarda avec amusement l'horizon déchiqueté.

"Non, je ne l'ai vraiment pas fait", a-t-il dit, puis, après une pause, en riant : "mais Nick l'a fait."

« Sépulcre blanchi ! » dit la jeune fille. Une autre pause. Cette fois, l'homme demanda :

« Il y a autre chose, tu ne veux pas me le dire ? À propos du parasol l'été dernier, tu l'as vraiment oublié, ou… ou tu l'as simplement laissé ?

« Mortimer ! » cria-t-elle en rougissant furieusement. "Je ne l'ai pas fait!"

Mais il l'aida à cacher son visage, tout en souriant avec bienveillance.

"Vraiment? Honnêtement? Vraiment?" dit-il doucement.

«Je ne l'ai pas fait, je ne l'ai pas fait», répéta-t-elle.

"Tu n'as pas fait quoi ?" il a quand même persévéré.

Elle le regarda un instant, rougit plus furieusement qu'auparavant et chercha de nouveau refuge. Mais la réponse étouffée était parfaitement perceptible par l'homme.

"Je... je... *ne l'ai pas* ... oublié."

Mais les rochers de la Grande Tête n'ont pas entendu.

Ainsi Mortimer Crabb, après avoir consacré une grande partie de son temps à créer des opportunités pour les autres, avait finalement réussi à en créer une pour lui-même.

Il avait aussi le plaisir de savoir qu'il en faisait également un pour Patty - non pas que ce soit la première occasion pour Miss Wharton, car tout le monde savait que son air plutôt posé cachait une coquetterie capricieuse qu'elle ne pouvait pas plus contrôler que la musique. des sphères. Mais cela allait être une opportunité d'un autre genre, car Crabb avait décidé que non seulement elle serait fiancée avec lui, mais que le moment venu , elle l'épouserait.

Cette décision prise, il passa tout son temps à la convaincre qu'il était le seul homme au monde exactement adapté à ses humeurs protéiformes. Le montant de ses biens ne lui avait pas été révélé, et il se plaisait à préparer sa surprise. De sorte que lorsque le *Blue Wing* apparut dans le port, il l'invita à faire un tour sur son propre catboat, prit calmement la barre malgré ses protestations et, avant qu'elle s'en rende compte, avait fait un atterrissage soigné sur sa propre passerelle. Jepson passa la tête par-dessus bord et les accueillit avec un large sourire. Après le geste invitant de Crabb, Patricia monta sur le pont, se sentant très semblable à la dame qui avait épousé le seigneur de Burleigh. Puis Jepson donna des ordres mystérieux et peu de temps après, elle s'allongea luxueusement dans un transat et le *Blue Wing* traversa les vagues qui montraient la voie vers le large.

« Tout cela », citait gaiement Crabb, avec un geste fin qui englobait l'ensemble de l'océan Atlantique Nord, « est à moi et à toi ».

« C'est très gentil de votre part d'être si riche. Pourquoi ne me l'as-tu pas dit ? dit Patricia.

"Parce que j'avais une certaine fierté à vouloir que tu m'apprécies pour moi-même."

"Tu penses que je t'aurais épousé pour ton argent?"

"Oh, oui," dit-il promptement, "bien sûr que vous le feriez. Un homme riche a à peu près autant de chances d'entrer dans le royaume romanesque que le chameau biblique en a pour passer par le trou de l'aiguille.

"Pourquoi alors est-ce que je te trouve tellement plus attirant maintenant que j'ai trouvé le *Blue Wing* ?"

"Mais tu *m'as trouvé* en premier", rit-il.

"Ai-je?" malicieusement.
"Si vous en doutez encore, il y a le parasol !"
L'évocation du parasol la faisait toujours taire.

CHAPITRE X

Ce n'était qu'une des nombreuses croisières, et le *Blue Wing* ne contribuait pas peu à la gaieté des derniers jours d'été à Mount Desert. C'est également le *Blue Wing* qui, début septembre, a amené la famille Wharton, bagages et bagages, vers le sud, jusqu'à Philadelphie, où Mortimer Crabb s'est attardé, dans l'espoir d'exiger une promesse de mariage avant Noël. Mais Patricia ne ferait aucune promesse. Elle avait sa propre volonté, découvrit son fiancé, et n'avait aucune humour pour renoncer à l'indépendance de son célibat pour les responsabilités qui l'attendaient. C'est dans cette situation que Crabb s'est découvert doté de vertus surprenantes en matière de tolérance et de tact. Patricia, il le savait, avait de nombreux admirateurs. Les bois de Bar Harbor en étaient remplis, au sens figuré comme au sens littéral, et la plupart d'entre eux étaient éligibles. Jack Masters et Stephen Ventnor, qui vivaient à Philadelphie, étaient toujours à la poursuite de la belle carrière, qui n'avait pas encore consenti à l'annonce de ses fiançailles avec Crabb.

Mais ces hommes ne l'inquiétaient guère. Ils étaient tous deux assez jeunes et insensibles et n'avaient que peu de chance face à un cosmopolite du calibre de Crabb. Mais il y avait un autre homme dont on parlait. Il s'appelait Heywood Pennington et depuis trois ans il était soldat aux Philippines. Il ne s'agissait bien sûr que d'une liaison entre garçons et filles, et la plupart des habitants de Philadelphie l'avaient oublié, mais de sa mémoire bien emmagasinée, Crabb se souvenait d'au moins un amour de veau qui était devenu plus tard un véritable taureau. le magasin de porcelaine . Ce n'était pas qu'il ne croyait pas pleinement que Patricia l'épouserait, et ce n'était pas qu'il ne croyait pas en Patricia. C'était seulement qu'il savait que, pour la première fois de sa vie, tout son bonheur dépendait de la créature la moins stable mais la plus merveilleuse, la coquette inconsciente. De plus, Mortimer Crabb croyait fermement en lui-même et il croyait également que, mariée à lui, Patricia accomplirait en toute sécurité sa destinée manifeste.

Mais le soldat philippin continuait à apparaître dans l'arrière-plan de Crabb aux moments les plus inopportuns : une fois, lorsque le nom du soldat avait été mentionné sur le *Blue Wing*, et que Patricia avait soupiré et tourné son regard vers l'horizon, encore une fois lors d'un dîner à Bar Harbor, et plus tard à Philadelphie, au Club. Petit à petit, Crabb avait appris l'histoire de Heywood Pennington, depuis ses années folles à l'université, en passant par sa courte carrière dans les affaires, jusqu'aux aventures tumultueuses et peu honorables qui l'avaient conduit à s'enrôler sous un faux nom dans l'armée régulière trois ans plus tôt. Ce n'était pas une histoire honorable pour un type des antécédents de Pennington, et lorsque son nom était mentionné, même ceux qui le connaissaient le plus longtemps se détournaient et le renvoyaient d'un mot.

Le nom du soldat n'a jamais été communiqué entre les fiancés et, pour Crabb, M. Pennington n'aurait peut-être jamais existé.

Patricia ne manquait de rien dont la fiancée la plus exigeante pouvait avoir besoin. Des roses et des violettes arrivaient régulièrement à la campagne de Wharton, près de Haverford, et l'après-midi, Crabb lui-même venait en automobile, toujours joyeux, toujours patient, toujours original et amusant.

Devant de telles sollicitations, tour à tour placides et ardentes, Patty céda inévitablement et finit, à la fin du mois de septembre, par consentir à annoncer les fiançailles. La nouvelle fut accueillie dans son propre cercle familial avec un étonnement ravi, car Mortimer Crabb s'était déjà fait de nombreux amis à Philadelphie, et Miss Wharton avait refusé tellement d'offres que ses parents, se souvenant de Pennington, avaient décidé que leur beau parent était destiné à une vie de bonheur unique. Ils se sont immédiatement agités dans une série de divertissements en son honneur, dont le premier était une fête sur la pelouse et un masque chez son oncle Philip Wharton, près de Bryn Mawr .

Philip Wharton ne faisait jamais les choses à moitié, et la société, revenue de la mer et des montagnes, accueillit favorablement les premiers grands spectacles qui devaient marquer le début de la vie à la campagne entre les saisons.

Les foules gaies sortaient en masse des larges portes, dans la douce nuit, libérées du pays des faits pour entrer dans un domaine d'enchantement. Des cavaliers gaiement caparaçonnés, se déplaçant dans l'esprit des personnages qu'ils représentaient, marchaient vaillamment à la suite de leurs dames dont les gracieuses draperies flottaient comme une pellicule sur les épaules blanches et capturaient dans leurs mailles de soie le miroitement des rayons de lune. Des yeux brillants brillaient des fentes des masques et les plus audacieux les regardaient avec attention. Tous les âges s'étaient rassemblés sur un terrain de rencontre commun ; un cinquecento côtoyait un Indien d'Amérique, Jeanne d'Arc cajolait un croisé, une religieuse risquait son espoir de salut en flirtant avec le diable, les yeux d'une servante puritaine tombaient devant ceux d'un matador. Rien n'avait été épargné dans le costume ou dans le décor pour que le tableau soit complet. La musique s'arrêta un moment puis reprit le rythme d'une valse. Un murmure de joie et comme un changement dans le kaléidoscope les pièces convergèrent toutes vers la terrasse.

C'est ici qu'une diversion s'est produite. Un rire s'éleva d'un groupe sur les marches et leurs regards se tournèrent dans une direction. Assis sur la balustrade, à la lueur des lanternes chinoises, était assis un vagabond, buvant un verre de punch sur la table de rafraîchissements à portée de main. C'était un merveilleux déguisement qu'il portait. La chemise, faite d'un tissu sombre, était tachée et déchirée, le chapeau, de type marron, de type militaire, était déformé et de nombreux trous avaient été percés dans la couronne. Le pantalon avait pris la couleur de l'herbe sèche et les bottes étaient vieilles, rapiécées et jaunies de boue et de crasse. Au lieu du masque noir conventionnel, il portait un foulard bandana noué autour de son front, avec des trous pour les yeux. Les extrémités du mouchoir pendaient jusqu'à sa poitrine et cachaient ses traits, mais sous ses bords on apercevait une oreille brune et une barbe inégale. Tandis que la foule le regardait , il leva solennellement son verre et fit signe de boire à leur santé. Il y eut un tonnerre d'applaudissements. Une arrogance fantaisiste dans la pose des épaules carrées et l'inclinaison de la tête donnaient un intérêt supplémentaire à la silhouette sombre. Il ressemblait à un dessin tiré des pages d'un hebdomadaire comique, mais l'ostentation de son geste lui donnait une dignité qui rendait la ressemblance moins assurée. Alors que les gens se pressaient autour de lui et cherchaient à percer son déguisement, il descendit de son perchoir et s'éloigna dans l'ombre. Lorsque la musique s'arrêta à nouveau, il fut entouré d'un groupe curieux, mais il se dressait en leur centre, grotesque et impénétrable. À ceux qui l'interrogeaient de trop près, il marmonnait leur ingérence et leur disait de s'en aller. Puis il resserra sa ceinture et demanda quand le souper serait prêt.

"Avez-vous faim?" » quelqu'un a demandé. Il lança un regard noir à celui qui posait la question.

"Quel genre de clochard serais-je si je n'avais pas faim ?" » grogna-t-il, et ceux autour de lui rirent à nouveau. Alors ils l'ont emmené à une table et l'ont nourri. Il a mangé avec voracité. Ils lui apportèrent quelque chose à boire et celui-ci sembla disparaître dans sa gorge sans même toucher ses lèvres.

« N'est-il pas splendide ? » dit Patricia Wharton, qui venait d'arriver avec Mortimer Crabb. "Mais qui--? Je ne pense à personne, et pourtant... »

Le vagabond leva brusquement les yeux vers elle et laissa tomber sa fourchette sur la table.

« *Magnifique* », s'écria-t-il. "C'est moi. *Splendide.* Je suis sûr que je brille dans ce groupe, n'est-ce pas ? »

Il y avait quelque chose d'irrésistiblement comique dans le geste avec lequel il balayait le groupe.

Patricia le regardait toujours, une expression perplexe dans les yeux.

"Qui est-il?" elle a demandé; mais Crabb secoua la tête. « Je n'en ai aucune idée, mais il *est* intelligent. Et regardez ces bottes, ce sont de vraies bottes. Mais je ne voudrais pas essayer de danser avec eux.

Le vagabond vida son verre, le posa sur la table et s'essuya la bouche du revers de la main, se leva et disparut entre les palmiers et les hortensias dans l'obscurité.

Pour un hôte en règle, le vagabond se comportait alors étrangement, car lorsqu'il fut arrivé à un endroit abrité, dans les buissons au fond du jardin anglais, il se laissa tomber de tout son long sur l'herbe et enfouit sa tête dans ses mains en gémissant à haute voix . . Cela faisait trois ans qu'il ne l'avait pas vue – trois ans, et pourtant elle était telle qu'il l'avait vue la dernière fois. Le temps l'avait touchée avec légèreté, ne la caressant que de manière ludique, arrondissant ses traits à une beauté mûre, tandis qu'il... Une vision de camps, de villes, d'escarmouches, d'orgies, lui sortait de l'esprit dans un cortège désordonné, le tout aboutissant à l'incident qui avait eu lieu. l'a amené à la ruine. Au moins, *chaque* détail était clair ; la rage soudaine où les liens de la patience avaient atteint le point de rupture — et puis le coup. Le clochard éclata de rire. Il pouvait voir maintenant le sourire narquois sur le visage du lieutenant ivre alors qu'il tombait en arrière et se cognait la tête contre le bord de la table en acajou. Après cela : les fers, la cour martiale, le transport, Alcatraz, sa chance, la planche amicale, la nage vers le continent et la liberté. Il n'avait jamais su si l'homme avait vécu ou était mort. Il s'en fichait. Il a eu ce qui lui arrivait.

Le clochard était toujours un fugitif. Il marchait depuis le matin depuis la gare de Malvern, où il avait été éjecté du train de marchandises sur lequel il travaillait à l'est d'Harrisburg. À Bryn Mawr , il avait mendié un repas – l'ironie de la chose était gravée dans son âme – devant la porte arrière d'une maison de campagne où il avait été autrefois un hôte bienvenu. Un chauffeur bavard l'avait laissé entrer dans son garage pour se reposer et lui avait offert une cigarette grâce à laquelle il avait appris ce qui se passait récemment dans le quartier. L'idée de s'aventurer dans les jardins de Philip Wharton cette nuit-là était entrée dans son esprit fou alors qu'il gisait dans les bois le long de Gulf Road, essayant de décider si ses pieds fatigués lui porteraient les douze milles qui lui restaient à parcourir jusqu'à la ville.

Pourquoi était-il revenu ? Dieu le savait. Ses pieds l'avaient entraîné en avant comme s'il était poussé par une force au-delà de laquelle il était en mesure de résister. Maintenant qu'il était près de la maison de son enfance, il semblait que n'importe quel autre endroit au monde aurait été meilleur. C'était si réel – la respectabilité paisible de ce pays – tellement lui ressemblait. Et pourtant, son calme et sa respectabilité le mettaient en colère. N'était-ce rien d'avoir eu faim, soif et sué pour que l'honneur de ces gens et celui d'autres comme eux puissent être préservés ? Même l'irréprochabilité de Patricia était intolérante et pleine de reproches. Les sources du souvenir qui avaient jailli tout à l'heure à sa vue étaient taries dans leur source. Il y avait une douleur sourde, un effondrement de l'esprit qui était presque une douleur physique ; mais la fièvre irraisonnée du garçon rebelle, la fureur déchirante du soldat paria manquaient, et pendant longtemps il resta là où il était tombé, sans bouger.

CHAPITRE XI

Patricia Wharton resta un moment au bord de la terrasse après la danse, glissa sa main dans le bras de Mortimer Crabb et descendit sur le chemin, tirant une draperie sur ses épaules blanches.

"Qu'est-ce que c'est?" » demanda Crabb. "Tu n'as pas froid ?"

"Oh, non," dit-elle doucement. "Je pense que je suis un peu fatigué."

«Viens», dit-il. "Il y a un endroit magnifique, juste ici." Il la conduisit à travers la pelouse et à travers une ouverture dans les arbres jusqu'à un banc de jardin dans l'ombre, un endroit qu'aucun des autres masques n'avait découvert. À travers l'écran de feuillage, ils pouvaient voir les silhouettes gaies flotter comme des feux follets sur la pelouse dorée, mais ici, ils étaient silencieux et inaperçus. Patricia se laissa tomber sur le banc avec un soupir, tandis que Crabb s'asseyait à côté d'elle.

"Êtes-vous heureux?" » a-t-il demandé au bout d'un moment .

"Parfaitement", murmura-t-elle. « Quelle belle fête ! » Elle posa sa main dans la sienne et se rapprocha un peu de lui, puis s'assit nonchalamment, ses yeux cherchant les espaces entre les branches où se trouvaient les gens. « Je ne veux pas vieillir trop tôt », disait-elle. « Le monde entier porte des vêtements courts ce soir. Ne serait-il pas bon d'être jeune pour toujours ?

Crabb sourit avec indulgence.

«Oui», dit-il. « C'est bien d'être jeune. Mais n'est-ce pas quelque chose que de prendre sa place dans le monde ? Je veux que tu saches tout ce qu'un homme peut faire pour la femme qu'il aime. Tu ne me laisses pas ? Bientôt?" Il se pencha sur elle et prit le bras arrondi dans sa main forte. Elle ne le retira pas, mais quelque chose lui disait qu'il manquait un maillon de sympathie à la chaîne. Comme elle ne répondait pas, il se redressa et resta assis, regardant devant lui, d'un air maussade.

"Ne me croyez pas capricieuse, s'il vous plaît," commença-t-elle. « Tu es tout ce que je peux espérer – et pourtant… »

"Et encore?" Il a répété.

Elle fit une pause un moment, puis interrompit : « Pardonne-moi, n'est-ce pas ? Je ne sais pas ce que c'est. Quelque chose m'a étrangement affecté. Elle s'appuya contre le dossier du banc, posa sa tête dans sa main, loin de lui, et Crabb se tourna jalousement vers elle.

"Tu pensais... à lui... à l'autre."

« Pourquoi ne devrais-je pas être honnête avec toi ? Je n'y peux rien. Quelque chose l'a soudainement rappelé à mon esprit. Je me demandais--"

"Oui."

« Je me demandais où il était maintenant, ce soir. C'est si beau ici. Tout a été fait pour nous rendre heureux. Je pensais que peut-être si je lui avais écrit une ligne , je lui aurais peut-être évité une terrible épreuve. Ce n'était bien sûr qu'une affaire de garçon et de fille, mais… »

Patricia cessa brusquement de parler et tous deux tournèrent la tête vers le sombre talus de buissons derrière eux.

"Qu'est-ce que c'était?" elle a demandé.

"Une branche morte qui tombe", répondit-il.

Ils réécoutèrent, mais n'entendirent que le son de l'orchestre et les voix des danseurs.

"Vous m'apprenez une leçon de patience", recommença sobrement Crabb. « Je peux attendre, bien sûr. Je ne suis pas jaloux de *lui* », a-t-il déclaré. "Je me demandais seulement comment tu pouvais penser à lui."

« Je ne pense pas à lui, pas de *cette* façon. Je crois que je n'ai pas du tout pensé à lui, jusqu'à ce soir. Ce soir, je ne peux m'empêcher de penser à d'autres qui ont moins de chance que nous. Je suppose que c'est tout à fait naturel qu'il souffre. D'une manière ou d'une autre, il ne semblait jamais bien faire les choses ; son point de vue était toujours biaisé. C'était un garçon sauvage, mais il était humain.

Elle s'arrêta et joignit les mains devant elle. Crabb restait silencieux à côté d'elle, mais son front était assombri. Quand il parlait, c'était d'une voix basse et contrainte.

« Pensez-vous qu'il soit gentil… sage de parler de cela maintenant ? »

"Je pensais que peut-être s'il avait eu un peu de chance…"

« Il serait peut-être revenu vers vous ?

Patricia se tourna vers lui et, d'un mouvement rapide, prit une de ses mains dans les siennes.

« Ne parle pas de cette façon », a-t-elle plaidé. "Vous ne devez pas."

Mais ses doigts refusaient toujours de répondre à sa pression.

« Si je pense à lui, c'est parce que j'ai appris à quel point l'amour est une chose grande et combien sa perte doit être encore plus grande. Tu sais, murmura-t-elle timidement, tu sais que je… je t'aime.

« Que Dieu vous bénisse pour cela », murmura-t-il.

Ils étaient tellement absorbés qu'ils n'entendirent pas le son derrière eux – un gémissement étouffé comme celui d'un animal souffrant.

"Allez-vous me pardonner?" demanda enfin la jeune fille. « Tout est fini maintenant. Je n'en parlerai plus jamais. J'ai gâché ta soirée. Vous ne regrettez pas ?

Crabb rit joyeusement.

«Je promets d'être sage», dit-elle doucement. "Je ferai tout ce que tu me demanderas———"

« Veux-tu m'épouser le mois prochain ?

"Oui," murmura-t-elle, "quand tu veux."

Il la prit dans ses bras et l'embrassa. Ils restèrent quelque temps sourds à toutes les voix, sauf à celles de leur cœur. Il y eut un bruit de petites brindilles sous les arbres derrière eux et une silhouette terne sortit de l'autre côté et disparut dans l'obscurité près du mur du jardin. Et tandis qu'ils rentraient dans la maison, ils ne devinaient pas exactement ce qui s'était passé, sauf qu'un nouveau miracle, qui en réalité est très ancien, leur était arrivé.

En fait, lorsque Patricia a annoncé le miracle sous la forme de ses fiançailles avec Mortimer Crabb, une prière de remerciement s'est élevée de la part d'au moins trois jeunes femmes de sa connaissance. Et bien que ces pétitionnaires aient été laissées à elles-mêmes autant qu'avant l'annonce, il y avait un certain réconfort à savoir qu'elle était à l'écart – du moins, qu'elle était autant à l'écart que possible. Patricia soit, liée ou libre. Jack Masters est parti à l'étranger, Steve Ventnor est allé travailler et divers autres hommes ont cherché de nouveaux pâturages.

Ross Burnett était le témoin et, une fois la cérémonie et le petit-déjeuner terminés, il a accompagné l'heureux couple sur le *Blue Wing*, pour leur longue croisière dans le Sud. Ils lui proposèrent de le conduire jusqu'à Washington, où il se rendait, mais il savait à leur regard qu'il n'était pas recherché, et avec la promesse de les rencontrer à New York à leur retour, il leur fit signe d'adieu. du quai et reprit le fil de ses affaires gouvernementales là où il avait été déposé. Il n'est pas fréquent que le bien sorte de la méchanceté, et le souvenir de l'aventure dans laquelle Crabb l'avait entraîné troublait souvent sa conscience. Et si un jour il rencontrait le baron Arnim ou l'homme du baron Arnim et était reconnu ? Au Département d'État, Crowthers ne lui avait posé aucune question et il avait jugé sage de ne pas proposer d'explications. Mais il était certain que sa prospérité actuelle était directement due à cette seule aventure. Sa mission sud-américaine terminée avec succès, il était rentré à Washington avec l'assurance que d'autres tâches encore plus importantes l'attendaient. Son point de vue avait changé. Tout ce dont il avait besoin, c'était d'initiative, et, Crabb ayant comblé ce déficit, il avait réappris à affronter le monde avec les épaules carrées de l'homme qui s'était enfin retrouvé. Le monde lui appartenait et il l'ouvrait comme et quand il le voulait.

C'est peut-être cette nouvelle attitude qui lui a permis de constater l'apprivoisement de Mortimer Crabb, car lorsqu'il rendit visite aux mariés dans leur somptueuse maison de New York, il découvrit que Crabb avait pris l'habitude du fauteuil après le dîner. , et que la vie conjugale, qu'il avait déclaré détester tous ses jours, était la vie pour lui. Il a fallu les efforts combinés de Burnett et de Patricia pour le déloger.

"C'est absolument impossible", a déclaré Patricia. « Il dit qu'il a résolu le problème du bonheur, qu'il en a fini avec le monde. C'est tellement comme un homme, dit-elle en tapant du pied, de penser que le mariage est la fin de tout alors que, comme tout le monde le sait, ce n'est que le début. Il devient déjà gros, et je sais, je suis sûr qu'il va être chauve. Ne voulez-vous pas m'aider, M. Burnett ?

« C'est une perspective épouvantable… Benedick, l'homme marié. Tu n'as besoin que de pantoufles en moquette et d'une planche à cribbage, Mort, pour compléter le tableau. Avez-vous arrêté de chercher des opportunités ?

"Ah, oui," dit Crabb d'une voix traînante, "Patty est la seule opportunité que j'ai jamais eue – du moins… euh… la seule qui vaille la peine d'être saisie…"

« Mortimer ! »

"Et tu ne vas jamais au Club?" rit Ross.

"Oh non. J'y suis tabou depuis que je vis à Philadelphie. En plus, je ne suis plus célibataire, tu sais. Si seulement Patty n'insistait pas pour me traîner dehors… »

Patricia a ri.

"Deux fois, Ross, déjà cet hiver", a poursuivi Crabb. "C'est de la cruauté, rien de moins." Mais l'auteur de l'outrage souriait, et elle se pencha à ce moment-là et posa sa main dans celle de son mari, disant en riant : « Mort, tu sais que nous devrons marier Ross immédiatement.

"Moi?" dit Burnett alarmé.

"Bien sûr. Un célibataire ne se moque d'un Bénédict que lorsqu'il a renoncé à espérer…

"Oh, je le dis maintenant, je ne suis pas si vieux."

"Alors tu espères?"

"Oh non, j'attends seulement... un miracle."

« Ce n'est pas l'ère des miracles », remarqua pensivement Patty, « du moins pas de miracles de ce genre. Comment pouvez-vous espérer que quelqu'un tombe amoureux de vous si vous continuez à sauter d'un bout à l'autre de la terre. Aucune fille ne veut épouser un kangourou, même un kangourou diplomatique. Elle s'arrêta et l'examina, la tête penchée sur le côté. "Et pourtant, tu sais que tu as l'air passablement décent..."

"Oh merci!"

« Même distinguée, cette façon étrangère de porter sa moustache est vraiment très séduisante. Vous y arriverez, je pense, avec un peu de coaching.

« Veux-tu me coacher ?

"Je m'y oppose", interrompit Crabb paresseusement.

"Je vais. Vous valez bien la peine de vous marier. Je suis au moins sûr que vous ne condamnerez pas votre femme à ses propres lares et pénates.

"Pas moi. Elle aurait envie de voyager ou de divorcer."

« Ne vous vantez pas, pires vagabonds que vous ont été apprivoisés ; voyons, que sera-t-elle ? blonde ou brune ? »

Burnett haussa les épaules. "Je suis assez indifférent : les pigments sont bon marché de nos jours."

"Maintenant, tu te moques."

Ross Burnett s'appuya contre le dossier de sa chaise et sourit au lustre. Les femmes avaient depuis longtemps été exclues de sa liste de possibilités. Mais Patricia ne devait pas être niée.

« Vous serez marié, dit-elle d'un air d'oracle, et avant la fin de l'année. Je le jure."

"Mais pourquoi veux-tu que je———"

"Vengeance!" dit-elle tragiquement. "Vous m'avez aidé à me marier avec Mort."

Et la jeune matrone a tenu parole, même si sa méthode était peut-être inhabituelle.

Cela s'est produit de la manière suivante : le frère de Burnett et Miss Millicent Darrow étaient ses agents inconscients. Miss Darrow était allée à l'exposition de l'Académie. Les salles étaient confortablement remplies. Elle entra consciente d'une certaine dignité et d'un certain repos dans le caractère de son environnement. Elle sortit son catalogue, l'ouvrit résolument jusqu'à la première page et, en un instant, ne se rendit plus compte des gens qui l'entouraient. Elle n'appartenait pas à la grande armée « qui sait ce qu'elle veut ». Elle avait une perception instinctive du bien et n'était pas peu étonnée de la quantité de travail magistral réalisé par des hommes plus jeunes dont elle n'avait jamais entendu les noms. C'était un commentaire désagréable sur la mentalité et le goût du décor dans lequel elle évoluait, et elle était consciente d'un sentiment de culpabilité ; car n'était-elle pas le reflet des défauts de ceux qu'elle était si prête à condamner ? « The Plain—Evening—William Hazelton » — une représentation directe d'un champ de montagne au crépuscule, entre des portraits d'hommes célèbres ; « Sylvia – Henry Marlow » – une fille au corsage vert peint avec connaissance et assurance.

Dans une autre pièce se trouvaient les choses dans un ton plus élevé – elle les connaissait d'un coup d'œil ; et sur le mur opposé un portrait en pied qui ressemblait à un sergent. Elle était perplexe devant la couleur, qui était différente de celle de tous les hommes dont elle se souvenait. Les Sargent qu'elle connaissait étaient regroupés dans une autre pièce – et pourtant il y avait ici la force et l'envergure du maître. Elle éprouvait la même perplexité : « Agatha-Philip Burnett », disait le catalogue. Elle se laissa tomber sur un banc devant lui et s'abandonna à un ravissement silencieux.

« Si j'étais un homme, dit-elle enfin, c'est ainsi que je voudrais peindre, le dessin de Sargent, la poésie de Whistler, la grâce d'Alexandre, la couleur de Benson. Philip Burnett, a-t-elle apostrophé, je suis un philistin. Pardonne-moi."

CHAPITRE XII

C'était très agréable sous les lumières tamisées d'en haut. Elle suivit le mouvement des draperies d'un œil ravi, prenant un plaisir presque sensuel dans le rapport des couleurs et la grâce des bras et du cou, la simplicité du modelé et l'admirable caractérisation.

Elle se surprit à répéter :

« Et ceux qui étaient bons seront heureux, ils s'assiéront sur une chaise d'or ; Ils éclabousseront une toile de dix lieues Avec des brosses en poils de comète.

« Philip Burnett, je me demande si tu vas bien ? Vous devriez l'être. Ce serait bien si je pouvais peindre comme ça. Je travaillerais aussi pendant un certain temps en séance. Comment pourrait-on se lasser de faire des adagios en couleurs ? Oh!" elle soupira, "comme ça doit être bon d'aboutir à quelque chose!"

Un cortège de visages agréables et vides défilait devant la toile, créatures d'un destin commun, vêtues de l'uniforme des conventions, portant les armes polies de Vanity Fair, toutes semblables les unes aux autres et aussi inintéressantes. Les quelques hommes qui portaient les brillants chevrons de distinction avaient marché avec la foule pendant un certain temps, mais étaient retournés chez eux. Elle se demandait si cela importerait vraiment si elle ne les revoyait plus ; bien sûr, les femmes, mais les hommes. Est-ce qu'elle s'en soucierait ?

N'y avait-il pas une autre vie ? Cela lui faisait signe. Comment était Philip Burnett ? Pourrait-il être jeune et beau tout en étant doué ? Les visages vides disparurent et à leur place elle vit ce jeune génie – Antinoüs et Hercule réunis – debout devant cette toile, vivant pour la simple joie du travail. Voici sa réponse. Allait-elle parcourir les jardins enchantés que d'autres avaient plantés, en sirotant seulement les pétales parfumés tandis que le miel à récolter était bien en vue ?

Une voix retentit juste à côté d'elle :

"C'est convaincant, mais je te le dis, Burnett, le bras est trop long."

"Peut-être. Pas mal, cependant, pour un nouvel homme. Vous savez que nous, les Burnetts, sommes une race exceptionnelle.

Les hommes s'éloignèrent et la réponse de l'autre se perdit dans le murmure de la foule. Miss Darrow se tourna pour les suivre des yeux : quel grand gaillard il était ! avec un profil admirable, un nez droit, une moustache cirée et un menton comme celui du masque de Brutus. Vaniteux, bien sûr ! Tous les artistes étaient vaniteux. Et qui était-ce avec lui : Mortimer Crabb ? Oui, et il y avait la mariée qui parlait aux Pendergast .

"Eh bien, Milly, chérie!" Mme Pendergast jeta un regard incurieux mais observateur sur sa connaissance. «Je pensais que tu étais à Aiken. Quel joli chapeau ! Allez-vous chez les Ingham ? Que porterez-vous ? N'est-ce pas reposant ici ?

Miss Darrow acquiesça poliment et tenta de répondre, mais ses yeux se tournèrent vers le portrait de Burnett.

"Superbe", a poursuivi Mme Pendergast . « Un nouvel homme vient de naître. Bien trop intelligent. Magnifique couleur, n'est-ce pas ? Comme une grenade mûre.

« L'avez-vous rencontré ?

"Non. Il appartient cependant aux Westchester Burnetts. Mme Hopkinson. Tellement heureux. Est-ce que Frédéric est là ?

L'agréable dame avait fait de la partie des galeries voisines du portrait de Burnett un semblant de son propre salon occupé. D'autres connaissances arrivèrent et Miss Darrow se perdit bientôt dans le labyrinthe des bavardages. Une large paire d'épaules était avancée dans son groupe, et Miss Darrow se retrouva à regarder dans une paire d'yeux gris interrogateurs qui rayonnaient dans les siens une admiration plutôt franche. « Mademoiselle Darrow… M. Burnett », disait Patricia Crabb ; et Millicent Darrow était consciente qu'en un instant le nouvel arrivant s'était approprié tranquillement et intelligemment et l'emmenait de l'autre côté de la pièce où il lui trouva un Winslow Homer de roches et de splendeur orageuse.

« Pourquoi, demande-t-elle après son premier enthousiasme, l'œuvre de l'artiste suggère-t-elle si rarement la personnalité de son créateur ?

"La perversité de l'animal humain", a-t-il ri. « C'est le système de justice de la grande République de l'Art, Miss Darrow. Si nous perdons une caractéristique ici, nous la gagnons ailleurs. C'est plutôt un bel équilibre, vous ne trouvez pas ?

« Vous n'avez guère l'air d'un poète, M. Burnett ; cela ne vous dérange pas que je le dise ? elle a ri. « Et si vous rêvez, vous le faites les yeux très grands ouverts. »

Les sourcils de M. Burnett étaient emmêlés de perplexité. « Je n'ai vraiment pas vraiment envie de rêver. Je suis plutôt occupé, tu sais.

« C'est splendide de votre part. Vous avez travaillé longtemps ?

"Euh… oui… depuis que j'ai quitté l'université", dit-il, l'enchevêtrement de ses sourcils se dissipant soudainement. Un sourire illuminait désormais ses yeux plutôt fantasques. Miss Darrow se surprit à rire franchement.

"L'art est long, il faut avoir au moins trente ans."

"Moins", corrigea-t-il. «La jeunesse est ma compensation pour ne pas être avocat ou courtier.»

Elle était consciente de la note personnelle de leur conversation, mais elle ne faisait aucun effort pour l'éviter. Ce génie de moins de trente ans donnait toutes les marques de bon sens et de bonne camaraderie.

"Qui est Agathe?" » demanda-t-elle soudain.

« Un… euh… un de mes amis à Paris. »

"Oh!" » dit-elle, confuse.

Et puis:

"Le visage est de l'Est, le visage slave. L'avez-vous choisie pour ce personnage ?"

"Pas du tout. Elle était… euh… juste… juste une gardienne… une commission, vous savez.

"Comme c'est intéressant!"

Ils avaient fait le tour de la pièce et se retrouvaient à nouveau face au portrait.

"C'était une chance d'avoir un si bon modèle", a-t-il poursuivi. « Ce n'est pas toujours le cas. Avez-vous déjà posé, Miss Darrow ?

"JE? Non jamais. Père a essayé de me faire repeindre cet hiver. Mais j'ai été tellement occupé – et puis nous partons vers le sud dans deux semaines – donc nous n'avons pas pu y parvenir.

"Quel dommage!" L'éclat subtil avait disparu dans ses yeux, qui, de l'ombre de leurs cils épais, regardaient les siens intensément.

"Vous êtes très gentil. Voudrais-tu vraiment me peindre ? » dit Miss Darrow. « Supposons que je dise que tu devrais le faire. Je veux que mon portrait soit fait. Si vous me rendez à moitié aussi merveilleux qu'Agatha, je mourrai heureux. Ne viendrez-vous pas demain à cinq heures ? Nous pouvons en parler. Je dois y aller maintenant. Non, pas maintenant, demain. Au revoir." Elle lui tendit la main avec un signe de tête amical et se fraya un chemin à travers la foule, laissant Burnett regarder la carte qu'elle avait laissée dans sa main.

En chemin vers la ville, en voiture, Patricia l'examina avec un sourire curieux.

« Quelle illusion tu es, Ross Burnett ! À un moment donné, vous vous moquez du mariage et l'instant d'après, vous traînez comme un ours apprivoisé sur les talons de la première jolie fille qui croise votre chemin.

"Elle *est* jolie, n'est-ce pas?" » a-t-il admis aussitôt.

« Et c'est vraiment furieux – c'est sa troisième saison, vous savez. Vous aviez l'air d'avancer très vite… »

"Oh, c'était une erreur", a ri Burnett. "Elle pensait que j'étais un artiste."

"Un artiste? Que diable… »

"Je vais faire son portrait———"

"Toi!" Patricia se pencha en avant avec impatience. "Que veux-tu dire?"

« Que je suis frère Philip, le type qui a fait l'Agathe. Elle m'a pris pour lui et elle était si gentille que je n'aimais pas intervenir.

Crabb allumait une cigarette.

« Je crains, mon cher Ross, que l'Est ait sapé une partie de votre fibre morale », a-t-il déclaré.

"C'est parfaitement délicieux", a ri Patricia.

"Mais Ross ne sait pas peindre..."

«J'aimerais essayer», a déclaré Burnett.

« Fiddlesticks ! »

Patricia n'en dit pas plus, mais tout le long du chemin, son visage arborait un sourire qui ne voulait pas se détacher. Le miracle s'était produit. Si elle avait cherché à New York, elle n'aurait pas pu trouver une fille plus parfaitement adaptée à Ross Burnett. Ce soir-là, Mortimer avait un peu d'écriture à faire, mais Patricia et son invité restèrent longtemps assis à discuter sérieusement dans la bibliothèque. Ils ne prirent pas Mortimer dans leurs confidences, car Patricia avait désormais endossé avec allégresse le manteau que son mari avait si négligemment laissé de côté. C'était là une opportunité de faire, et Patricia est devenue la déesse de la machine.

CHAPITRE XIII

Plusieurs jours se sont écoulés. Ross Burnett se déplaçait dans l'atelier, ajustant une toile sur un chevalet, sortant les draperies, levant et baissant les rideaux et scrutant les tiroirs et les coffres d'une manière qui trahissait un état d'esprit incertain. Il sembla enfin trouver ce qu'il cherchait : une draperie d'étoffe grise et douce . Il le jeta sur le dos du chevalet, revint de là vers l'autre côté de la pièce où il pencha la tête d'un côté et regarda avec les yeux mi-clos.

Il y eut un bruit de vieux heurtoir français. Burnett laissa tomber ses tubes de peinture et sa cigarette et ouvrit la porte.

"Suis-je en retard?" » rit Miss Darrow.

"Vous ne pouviez pas venir trop tôt", a déclaré Burnett. Mais il regarda d'un air dubitatif la servante française qui était entrée avec un énorme portemanteau.

«J'avais tellement peur de te faire attendre. Vous n'êtes pas très en colère ?

"Je suis sûr que je suis ici depuis l'aube", répondit-il.

« Alors ne perdons pas de temps. Oh, n'est-ce pas charmant ! Où dois-je aller ?

Il poussa la porte du vestiaire.

"Je pense que vous trouverez le miroir juste", dit-il. "S'il y a quelque chose——"

« Comme c'est excitant ! Non, et je sors en un tournemain.

Une fois la porte fermée, Burnett regarda le modèle-trône, les draperies, la chaise et la toile, cherchant une dernière inspiration avant le moment imminent. Il plaça un paravent japonais derrière la chaise et jeta une draperie écarlate sur une extrémité de celle-ci, frappant les plis rebelles pour les faire tomber à sa guise.

"Vais-je le faire?" demanda la jeune fille en sortant radieuse. Elle portait une robe de soirée noire. La servante avait jeté sur elle une draperie vaporeuse qui faisait ressortir la blancheur terne des épaules. « C'est tellement différent pendant la journée », dit-elle en rougissant ; mais mon père l'a toujours voulu ainsi. Tu sais que je ne lui ai rien dit. C'est pour être une surprise.

La couleur de Burnett répondait à la sienne. Il baissa la tête. «Vous êtes charmante», murmura-t-il galamment avec un sérieux qu'elle ne pouvait manquer de remarquer.

Lorsque Julie fut renvoyée pour revenir à l'heure du déjeuner, M. Burnett conduisit Miss Darrow sur son trône et prit place devant la toile. Elle se tenait confortablement appuyée sur le dossier de la chaise, les lignes de sa silhouette élancée descendant de la tête et des épaules radieuses jusqu'aux ombres sombres derrière elle. Elle l'observa avec curiosité alors qu'il s'éloignait du chevalet pour étudier la pose.

« Si seulement je pouvais, c'est magnifique, murmurait-il, mais je voudrais que vous vous asseyiez.

Elle acquiesça sans poser de questions. «Je me sens comme un spécimen», soupira-t-elle. « C'est une épreuve terrible. Je suis tout bras et mains. *Faut* -il plisser les yeux ?

Dans le rire de Burnett, toute retenue était libérée au vent.

"Bien sûr. Tous les artistes louchent. C'est comme le mouvement circulaire du pouce, un symbole du métier.

Il marcha derrière elle et ajusta le paravent, enlevant la draperie cramoisie et en mettant une autre gris-vert à la place.

« Là, s'écria-t-il, tel que vous êtes. C'est époustouflant.

Elle était penchée en avant, un coude sur le bras du fauteuil, les mains jointes, un poignet fin au menton.

"Vraiment! Vous êtes terriblement facile à satisfaire. Je me demande si je ferai aussi bien qu'Agatha.

Il prit un fusain, en regarda le bout et fit un léger ajustement du chevalet. "Avant de commencer, il y a une chose que j'ai oubliée." Il fit une pause. « Tous les peintres sont sensibles, vous savez. Je suis plutôt plus bizarre que la plupart. J'espère que vous ne vous en soucierez pas. Le fusain faisait maintenant des girations rapides sur la surface de la toile. « Je suis terriblement sensible aux critiques, dès le début. D'habitude, j'arrive à m'en sortir d'une manière ou d'une autre, mais au début, quand je dessine, je pose la figure, je n'aime pas qu'on voie ma toile. Parfois, cela dure encore plus longtemps. Cela ne vous dérangera pas de ne pas regarder, n'est-ce pas ?

"Je vois. C'est à ça que sert le truc gris. Cela ne me dérange pas du tout ; seulement j'espère que cela viendra bientôt. Je suis fou de voir. Et s'il vous plaît, fumez. Je sais que tu le veux."

Burnett, reconnaissant, sortit son étui à cigarettes et, pendant que son modèle se reposait, s'affairait parmi ses tubes de peinture, pressant les couleurs sur la palette.

« Si vous saviez, soupira-t-il, à quel point cela semble difficile. » Mais le gros pinceau plongea dans la peinture et Burnett travailla vigoureusement, une fine lumière brillant dans ses yeux. Miss Darrow regardait le flux généreux de la tasse d'huile se mêler aux couleurs.

« Quelle quantité de vermillon vous utilisez ! »

« Quelle quantité de vermillon vous utilisez. '»

"Cheveux", répondit-il. Il semblait si absorbé qu'elle n'en dit pas plus, et elle ne savait pas si elle devait rire ou froncer les sourcils. Plus tard, elle osa :

« Si c'est de la carotte, je ne te parlerai plus jamais. S'il vous plaît, rendez-le auburn, M. Burnett.

Il n'en travaillait que plus rapidement. Il semblait puiser dans toutes les couleurs de la palette, au centre de laquelle poussait un brun couleur de jus de noix. Il l'appliquait vigoureusement sur la partie inférieure de la toile. Lorsque la palette fut vidée , il la posa de côté et se laissa tomber sur une chaise avec un soupir.

«Repose-toi», dit l'artiste.

«Je ne suis pas du tout fatiguée», répondit-elle.

«Mais *je* le suis. Cela m'enlève d'être autant intéressé.

"Est-ce que c'est vrai?" Elle s'appuya contre le dossier de sa chaise, le regardant avec une nouvelle curiosité. « Savez-vous, ajouta-t-elle, que vous êtes plein de surprises… »

Elle ignora l'interrogation de ses sourcils levés.

«… et peindre», termina-t-elle en riant.

Il regarda tristement un pouce décoloré. « Je suis terriblement en désordre, je sais. J'ai toujours été. À Paris , on m'appelait Slovenly Peter.

« Je ne devrais pas dire ça… seulement… »

"Quoi?"

"Seulement..." elle montra plusieurs stries noires sur sa combinaison grise. « Faut-il toujours payer un tel prix à l'inspiration ?

"Jupiter! C'était *stupide* . Mais je le fais toujours, Miss Darrow. Il examinait les taches et les touchait du bout des doigts. « C'est de la peinture », termina-t-il en l'examinant avec une placidité presque impersonnelle. "Cela n'a aucune importance."

« Et est-ce que tu te macules toujours le visage ? » demanda-t-elle gentiment. Il s'est regardé dans le miroir. Il y avait une large bande rouge sur son front. Il l'essuya avec un mouchoir.

"Oh, s'il te plaît, ne ris pas."

Il tomba sur le bord du trône, puis ils rirent tous deux joyeusement, naturellement, comme deux enfants.

« Je suis un type terriblement chanceux », dit-il enfin. « Je me sens comme un baron féodal avec une princesse capturée. Vous voilà, la plus inaccessible des personnes, la Femme du monde, condamnée chaque matin pendant quinze jours à jouer les Darby et Joan avec un homme que vous ne connaissez que depuis trois jours. Comment diable un homme peut-il survivre en voyant une fille qu'il aime derrière des tasses de thé ! C'est dur, je pense. La société semble atteindre tous les objectifs, sauf celui avoué. Au lieu de cela, tout le monde joue au chat dans le coin. Un type aurait peut-être une chance si les coins n'étaient pas si éloignés. Et moi, tout juste de retour de l'étranger, avec tous les écheveaux de ma vieille amitié en vrac, j'entre dans votre cercle et je vous approprie tranquillement pendant quinze jours — pendant que vos autres amis mendient.

« Ils n'ont pas mendié très fort », a-t-elle ri. «S'ils l'avaient fait, ils joueraient peut-être aussi Darby et Joan. Je ne l'ai jamais essayé auparavant. Mais je trouve que c'est plutôt sympa... » Elle s'interrompit brusquement.

"Savez-vous que je me suis reposée *pendant* vingt minutes", dit-elle au bout d'un moment. "Viens, le temps est précieux."

"Ça dépend--"

Elle attendit un moment qu'il ait fini, mais il n'en dit pas plus.

"Comme c'est extraordinaire!" dit-elle avec une jolie *mouë*. "Je ne sais pas si je dois être content ou non."

"Pouvez-vous me blâmer? Le Forelock of Time est trop tentant », rit-il. "Bien sûr, si vous préférez poser..." Il reprit ses pinceaux dégoulinants avec un soupir.

"Oh, en effet, je m'en fiche," elle se laissa tomber dans le fauteuil. « Seulement, tu ne penses pas… n'est-ce pas vraiment pour ça que je suis là ?

"Il est temps de poser, Miss Darrow", dit-il avec détermination.

Mais elle n'a fait aucun geste pour accéder à ce poste.

"Je ne me suis pas plainte", et elle lui sourit. « Votre muse est difficile et j'en suis gagnant. Vraiment, je pense que je préfère parler.

"Et j'attends de continuer avec le portrait."

"Je poserai à nouveau à une condition———"

"Oui."

"Que tu mettes une salopette."

Les pinceaux et la palette tombèrent à ses côtés. "C'est dur pour Slovenly Peter", a-t-il ri. Il entreprit de presser les tubes de peinture, d'essuyer les manches des pinceaux et le bord de la palette. Une fois la pose terminée, Julie apparut. L'artiste a tiré la draperie grise sur le chevalet et a aidé Miss Darrow à descendre.

CHAPITRE XIV

Ces matinées en studio étaient pleines de subtilités. Miss Darrow a découvert que Burnett pouvait parler de nombreux sujets. Il avait beaucoup voyagé en Europe, et pouvait même lui tracer un tracé audacieux de l'Orient, qu'elle n'avait jamais vu. Il parlait peu d'art, et seulement lorsque le sujet était introduit par son modèle. Dans les pauses, qui étaient longues, il entraînait Miss Darrow, souvent sans qu'elle s'en rende compte, dans d'agréables voies de pensée, qui semblaient toutes se terminer brusquement sous le soleil criard de la personnalité. Elle ne trouvait pas cela désagréable ; seulement, il semblait plutôt surprenant de voir à quel point toute formalité entre eux avait été bannie.

Un matin, il y a eu une diversion. Un bruit sur le heurtoir et Burnett, fronçant les sourcils, se dirigea vers la porte. Miss Darrow entendit une voix féminine et une exclamation. Burnett partit assez précipitamment et se tint dehors, la main sur la poignée de la porte. Il y eut un murmure de conversation et un rire féminin. Elle essayait de ne pas entendre ce qui se disait. La main s'agitait sur le bouton, mais le murmure des voix continuait. Miss Darrow descendit du trône et se dirigea vers la fenêtre, ajustant une boucle égarée en passant.

Elle détourna le regard du miroir, puis s'arrêta brusquement et regarda à nouveau. Lorsque Burnett entra , elle était assise près de la fenêtre et regardait les toits. Il s'est excusé à profusion. Elle reprit la pose et l'artiste peignait en silence. « On dit qu'il y a un plaisir à peindre que seul un peintre connaît », commença-t-elle.

"Bien sûr."

« Alors pourquoi nous reposons-nous si souvent ? Je ne me laisse pas tromper facilement. La belle frénésie fait défaut, monsieur Burnett, n'est-ce pas ?

Pour répondre, il tendit ses mains tachées de peinture.

"Non, non," continua-t-elle. « Vous peignez timidement du bout des doigts, pas du tout comme « Agatha ». Je suis sûr que vous me faites du début de l'époque victorienne.

Burnett a arrêté de peindre, a regardé sa toile et a ri. "Oh, ce n'est pas vraiment ça", dit-il.

« Ne veux-tu pas le prouver ?

"Comment?"

"En me laissant regarder." Elle se leva de sa chaise, descendit du trône et fit un ou deux pas rapides vers le chevalet. Mais les larges épaules de Burnett lui barraient la route.

"S'il vous plaît," insista-t-elle.

"Je ne peux pas, vraiment."

"Pourquoi pas?" Elle resta fermement sur place, levant les yeux vers son visage, mais Burnett ne bougea pas et ne répondit pas.

Elle reprit la pose et Burnett se dirigea machinalement vers sa place devant la toile. Une fois, il lui sembla qu'il était sur le point de parler, mais il se ravisa. Il baissa les yeux sur la masse de couleurs mélangées sur la palette. Son pinceau bougeait lentement sur la toile. Finalement, il s'arrêta et tomba à ses côtés.

"Je ne peux pas continuer."

Elle a abandonné la pose. "Es-tu malade?"

"Oh, non," rit-il. En mettant de côté les pinceaux et la palette, Burnett sembla dissiper l'ombre qui pesait sur ses pensées toute la matinée. Il se tenait à côté d'elle et la regardait franchement dans les yeux. Elle vit dans le sien quelque chose qui n'existait pas auparavant, car elle détourna le regard, au-delà des cheminées et des immeubles, au-delà des nuages et dans le vide qui était au-delà du bleu. Elle avait oublié sa présence, ainsi qu'une de ses mains qu'il tenait dans les siennes.

"Peut-être que tu comprends," dit-il doucement. "Peut-être que tu le sais."

Les doigts bougèrent légèrement, mais un léger froncement de sourcils se dessina sur les sourcils. Il lui lâcha la main avec un soupir et regarda, impuissant, en direction du chevalet muet et impitoyable. Ils étaient si plongés dans leurs réflexions qu'aucun d'eux n'entendit le tour d'une clé passe-partout dans le loquet et l'ouverture de la porte. Le paravent japonais les cacha un instant à la vue d'un gentleman qui émergeait dans la pièce. Ross Burnett leva les yeux, impuissant. C'était Mortimer Crabb, horrifié par cette violation de son sanctuaire.

«Ross!» il a dit, "que diable——"

Miss Darrow sursauta de sa chaise, le cramoisi se précipitant sur ses joues, et se leva en tirant la dentelle sur ses épaules.

Burnett était cool. « Miss Darrow, » demanda-t-il, « vous connaissez M. Crabb ? Il étudie la peinture et… euh… utilise parfois cet endroit. Peut-être--"

Les mots restèrent sur ses lèvres lorsqu'il réalisa que Miss Darrow, avec une inclinaison de la tête vers le visiteur, avait disparu dans la loge.

Alors que la porte se fermait, des mots moins polis sortirent.

Mais Crabb intervint : « Oh, dis-je, Ross, tu ne veux pas dire que tu as eu le courage… »

Les sourcils de Ross Burnett se rapprochèrent et sa grande silhouette parut se compacter.

"Chut, Mort," murmura-t-il. « Vous ne comprenez pas. Vous avez fait un sacré gâchis. Tu ne veux pas y aller ?

"Mais, mon cher gars..."

«Je t'expliquerai plus tard. Mais partez, s'il vous plaît !

Avec un coup d'œil vers le chevalet, Mortimer Crabb sortit.

Ross Burnett ferma la porte, tira sur le verrou et s'adossa contre celle-ci. Alors que le bruit des bottes de Crabb dans les escaliers en bois s'éteignait à l'étage inférieur, il poussa un soupir, croisa les bras et attendit.

Lorsque Miss Darrow sortit de la loge, prête à sortir dans la rue, elle le trouva là.

«Mes affaires sont dans le portemanteau», dit-elle d'un ton glacial. « Ma servante les appellera. Si vous me le permettez… »

Mais Burnett ne bougeait pas.

«Mlle Darrow…» commença-t-il.

"Voulez-vous me laisser passer?"

« Je ne peux pas, Miss Darrow… jusqu'à ce que vous entendiez. Pour rien au monde, je n'aurais vu cela arriver. »

«Je ne peux pas écouter. Tu ne veux pas ouvrir la porte ?

Il baissa la tête comme pour mieux recevoir ses reproches, mais il ne bougea pas.

"Oh!" elle a crié, "comment as-tu pu!" Son menton était relevé et elle lui lança un regard méprisant sous ses paupières rétrécies.

"S'il vous plaît," plaida-t-il doucement. « Si seulement vous écoutiez… »

Elle se tourna et se dirigea vers la fenêtre. « N'est-ce pas une punition suffisante pour que tout se termine ainsi, reprit-il, sans donner l'impression que j'étais pire que moi ? Vraiment, je ne suis pas aussi mauvais qu'on le dit.

C'était une phrase malheureuse. Un silence gênant suivit, dans lequel il se rendit compte que Miss Darrow s'était brusquement détournée de la fenêtre et se trouvait face à la Chose sur le chevalet, qui leur était maintenant révélée à tous deux dans toute sa laideur sans compromis. Du centre d'une myriade de traces de peinture, quelque chose émergea. Quelque chose aux tons ternes, qui regarde comme une Gorgone dans son illusion boueuse. Pour Burnett, ce n'était qu'une toile barbouillée de peinture malheureuse. Maintenant, de l'autre côté de la pièce, il semblait avoir pris une personnalité suffisante et calomnieuse et le regardait odieusement depuis son arrière-plan peu charmant.

« Ne le faites pas », cria Burnett. "Ne regarde pas la chose comme ça."

Mais la jeune fille ne bougeait pas. Elle se tenait devant le chevalet, la tête un peu de côté, les yeux fixés sur la toile.

"Ce n'est vraiment pas victorien, n'est-ce pas ?" » demanda-t-elle calmement.

"Vous *devez* écouter!" s'écria Burnett en laissant son poste à la porte. "J'insiste. Tu sais pourquoi j'ai fait cette chose folle. Je t'ai dit. Je le referais——"

"Je n'en doute pas", ajouta-t-elle avec mépris. "Cela ne semble pas avoir été si difficile."

"C'était. La chose la plus difficile que j'ai jamais faite dans ma vie. Vous m'avez donné la chance. Je l'ai pris. Je ne le regretterai pas. C'était égoïste, brutal, tout ce que vous voulez. Mais je ne regrette pas – neuf matinées merveilleuses, vingt-sept heures précieuses – plus, je l'espère, que ce que vous avez donné à aucun homme de votre vie. Il fit un pas rapide et la prit dans ses bras. «Je t'aime, Millicent, ma chérie. Je t'ai aimé dès le premier instant, là dans la galerie de photos. Oui, je le referais. À chaque instant, j'ai béni la chance qui a rendu cela possible. Ne te détourne pas de moi. Tu ne me détestes pas. Je sais cela. On ne pouvait s'empêcher de ressentir une réponse à un amour comme le mien. Il la serra contre lui, levant enfin la tête jusqu'à ce que ses lèvres soient au niveau des siennes. Mais il ne les a pas touchés. Elle se débattait encore légèrement, mais elle ne voulait pas ouvrir les yeux pour le regarder.

« Non, non, il ne faut pas », fut tout ce qu'elle trouva la force de dire.

« Vous ne pouvez pas le nier. C'est vrai – prends soin de moi. Regardez-moi et dites-le-moi.

Elle ne voulut pas le regarder et finit par s'écarter et se relever, les joues enflammées.

« Vous êtes magistral ! » balbutia-t-elle. "Une fille ne se gagne pas de cette façon."

«Je t'aime», dit-il. "Et toi--"

"Je te méprise," haleta-t-elle. Elle se tourna vers le miroir et arrangea ses cheveux en désordre.

« Ne dis pas ça. Tu ne me pardonneras pas ?

Elle se laissa tomber sur le support de mannequin et enfouit son visage dans ses mains. "C'était cruel de votre part, cruel."

La vue de sa détresse l'énerva et lui donna pour la première fois une nouvelle vision de l'énormité de son offense. C'est sa fierté qui a été blessée. C'était la pensée de ce que Mortimer Crabb pourrait penser d'elle qui avait causé les dégâts. Il se penchait sur elle, ses doigts presque effleurés, mais retenus par une délicatesse et une tendresse nouvelle engendrées par la pensée que c'était lui seul qui lui avait causé son malheur.

« Pardonnez-moi », murmura-t-il. "Je suis désolé."

Et elle n'a fait que répéter. « Que peut-il penser de moi ? Que peut-il penser ?

Burnett se redressa, une nouvelle pensée lui vint à l'esprit. Cela semblait être une inspiration, un coup de génie.

« Bien sûr, » dit-il calmement, « vous êtes désespérément compromis. Il doit penser ce qu'il veut. Il n'y a qu'une chose à faire.

Elle se leva et demanda à bout de souffle : « Que *puis*- je faire ? Comment puis-je--"

« Épouse-moi… tout de suite. »

"Oh!"

Elle prononça le mot lentement – avec étonnement – comme si l'idée ne lui était jamais venue à l'esprit auparavant. Il avait laissé le chemin menant à la porte sans surveillance, mais elle se dirigea vers la fenêtre et regarda par-dessus les toits. Pour Burnett, le silence était chargé de sens, et il le rompit timidement.

"N'est-ce pas, n'est-ce pas, Millicent, ma chérie ?"

Sa voix trembla un peu lorsqu'elle répondit : « Il y a une chose plus importante que cela, que toute autre chose au monde pour moi. »

A ses côtés, ses yeux l'interrogeaient en silence.

"Et cela?" » demanda-t-il enfin.

«Ma réputation», murmura-t-elle.

Il resta une seconde à étudier son visage, car son bonheur grandissait lentement en lui. Mais derrière le sourire en coin qui lui était à moitié caché, il aperçut l'aube d'une lumière nouvelle qu'il comprit. Il la prit alors dans ses bras et se demanda comment il se faisait qu'il ne l'ait pas embrassée alors que ses lèvres étaient si proches auparavant. Mais le nouvel émerveillement qui les envahit tous les deux les fit oublier qu'il y avait déjà eu autre chose auparavant.

Plus tard, Ross, incapable de croire à sa bonne fortune et émerveillé par les subtilités de l'esprit féminin, lui posa une question. Sa réponse l'étonna davantage :

« Pauvre, insensé et négligé Peter ! Je l'ai vu par hasard dans le miroir il y a une semaine.

c'est Mortimer Crabb qui a saisi l'occasion ; car Miss Darrow a admis en souriant que sans son entrée brusque à ce moment psychologique précis, elle aurait dû maintenant être avec Aiken et Ross sur le chemin des Antipodes. Mais Patricia était doublement heureuse ; car n'avait-elle pas contourné son propre mari en ouvrant l'atelier auquel il avait renoncé, la véritable chambre de Barbe Bleue qu'on lui avait fermée ? N'avait-elle pas parcouru à sa guise parmi les dieux de sa jeunesse et fait de cet appartement sacré le vestibule du Paradis pour au moins deux mortels mécontents dont les cœurs ne faisaient plus qu'un ?

CHAPITRE XV

Après ce premier succès, Patricia était remplie d'un esprit d'altruisme et, hiver comme été, elle parcourait les routes et les chemins à la recherche de la matière première pour son fatidique métier à tisser. Elle était Puck, Portia et Patricia tout en un. Il y avait Stephen Ventnor et Jack Masters, qu'elle voyait encore de temps en temps, mais ils se contentaient de soupirer et refusaient même de dîner au Château de l'Enchantement. Elle pensait aussi parfois à Heywood Pennington, et se surprenait souvent à se demander comment le monde se portait avec lui, espérant qu'un jour le hasard le mettrait sur son chemin. La vieille romance était bien sûr morte. Mais quelle opportunité de régénération !

En attendant, elle avait beaucoup à faire pour entretenir son établissement, beaucoup d'amis à se faire à New York, beaucoup de devoirs sociaux à accomplir. Elle passa beaucoup de temps avec son mari sur les plans de la maison de campagne qu'il construisait à Long Island, qui devait être prête à être occupée à la fin du printemps suivant. Mortimer Crabb avait pris l'habitude de se rendre en ville au moins une partie de la journée, et s'il ne travaillait vraiment pas, il créait une impression de stabilité qui surprenait plutôt ceux qui le connaissaient le plus longtemps. Les Crabb étaient des connaissances recherchées dans la famille mariée, et avant que deux ans ne se soient écoulés, Patricia s'est bâtie une réputation enviable d'hôtesse et d'invitée, sans parler de celle d'épouse modèle. Pas un nuage plus gros qu'un point ne s'était élevé sur l'horizon matrimonial et leur petite barque avançait régulièrement, propulsée par la plus douce des brises sur un océan tout fait d'ondulations et de soleil. Mortimer Crabb aimait énormément et Patricia se contentait de le regarder adorer, tout en façonnant le cours à sa guise.

Il y avait cependant encore des moments où elle s'asseyait et regardait les flammes de la bibliothèque s'allumer tout en attisant les braises de la romance. Peu de femmes qui ont été adorées comme l'était Patricia sont prêtes à fermer trop brusquement la porte au souvenir de ceux qui auraient pu l' être . La coquette en elle mourait durement, comme cela arrive parfois aux femmes sans enfants. Elle aimait toujours les attentions auxquelles elle était habituée, et son mari voyait qu'elle était constamment amusée, avec des hommes intelligents de ses clubs comme partenaires de danse pour les filles de Philadelphie qui leur rendaient visite. Stephen Ventnor, qui vendait des obligations dans le centre-ville, avait enfin été persuadé d'oublier ses ennuis et venait désormais fréquemment dîner. Il semblait que Patricia ne voulait rien, sauf quelque chose à vouloir.

Un jour, tout à fait par hasard, elle rencontra dans la rue un autre homme potentiel . Elle ne le connaissait pas au début, car il portait désormais une petite moustache et les années n'avaient pas passé aussi facilement sur sa tête que sur la sienne . Elle sentit son chemin barré par une grande silhouette et, avant même de s'en rendre compte, elle serrait la main de Heywood Pennington.

« Patty, disait-il, tu ne me connais pas ? Est-ce que quatre ans font une telle différence ? Une teinte chaude s'éleva et se répandit spontanément du cou de Patricia jusqu'aux tempes. Cela la mettait en colère de ne pas pouvoir le contrôler, mais elle lui sourit et lui dit qu'elle était heureuse de le voir.

Ensemble, ils remontèrent l'avenue et, au fur et à mesure, elle l'interrogea et il lui raconta son histoire. Aucune récrimination n'a été adoptée. Il lui fit comprendre qu'il était trop content de la voir pour ça. Il était en affaires, dit-il vaguement, et à l'avenir il devait s'établir à New York. Ainsi, lorsqu'elle prit congé de lui, Patricia demanda à l'enfant prodigue de l'appeler. Il sera évident pour tout le monde qu'il n'y avait rien d'autre à faire.

Mortimer Crabb reçut l'information à table ce soir-là avec une expression immuable.

"Je suis sûr que si vous voulez que M. Pennington soit ici, il sera le bienvenu", dit-il avec un lent sourire. "C'est un très, très vieil ami à toi, n'est-ce pas, Patty ?"

"Oh, oui, depuis l'école", dit-elle doucement. Et elle rougit encore, mais si Crabb le remarqua, ce n'était pas évident, car il s'occupa immédiatement de sa soupe.

«C'était un garçon tellement gentil», a déclaré Patricia. "Mais j'ai bien peur qu'il soit devenu assez sauvage et..."

"Oui", répondit son mari un peu sèchement. "J'ai entendu quelque chose à son sujet."

Elle lui jeta un rapide coup d'œil, mais il ne leva pas les yeux et elle poursuivit :

«J'ai pensé que ce serait bien si nous pouvions faire un petit quelque chose pour lui, le prendre en charge, le présenter à des personnes influentes...»

"En bref, faites-lui une opportunité", a déclaré Crabb.

«Euh… oui. Il a traversé une période assez difficile, je pense.

"Je ne devrais pas être surpris", a déclaré Crabb, "la plupart des gens le sont."

Patricia prévoyait une occasion comme elle n'en avait jamais eue auparavant, et cent projets se présentèrent à la fois dans sa jolie tête pour régénérer l'enfant prodigue. Tout d'abord, bien sûr, elle devait tuer le veau gras, et elle planifia donc immédiatement un dîner au cours duquel M. Pennington rencontrerait certains de ses amis intimes, Dicky Bowles et sa femme, les Burnett, qui venaient de Washington . les Charlie Chisolms et sa sœur Penelope. Pour des raisons qui lui sont propres, Stephen Ventnor n'a pas été invité.

Patricia présidait habilement avec un air de bienveillance matronne indéniable et détournait adroitement la conversation vers des voies strictement impersonnelles. De sorte qu'après le dîner, pendant que Charlie Chisolm discutait encore avec Mortimer, Patricia et Heywood Pennington se rendirent au conservatoire pour voir les nouvelles orchidées.

C'était le premier de nombreux dîners. Patricia invita l'une après l'autre toutes les filles éligibles de sa connaissance et les fit asseoir à côté de M. Pennington dans un effort apparent pour combler le déficit qu'elle avait causé dans l'affection de ce gentleman. Mais de nouvelles orchidées arrivaient continuellement au conservatoire et Patricia n'hésitait pas à les montrer. Viennent ensuite les promenades en automobile lorsque Crabb était au centre-ville, et les expéditions shopping lorsque Crabb était au club, pour lesquelles Patricia choisissait Heywood Pennington comme escorte, et quoi que Mortimer Crabb pensait de tout cela, il ne disait pas grand-chose et paraissait moins.

Mais si son mari avait accepté de pratiquer un culte aveuglément avant de se fiancer avec Patricia, le mariage avait dissipé certaines nébuleuses . Il avait appris à considérer sa femme comme un être cher et capricieux, et avec la foi et la confiance abondantes d'hommes largement proportionnés, il était prêt à croire que Patricia, comme la femme de César , était au-dessus de tout soupçon. Il était sûr qu'elle était stupide. Mais le petit doigt stupide de Patty était plus important pour Mortimer qu'une Minerva entière.

Les manières de M. Pennington n'étaient cependant pas celles de Crabb, et le mari apprit un jour, tout à fait par hasard, un incident survenu à New York qui confirma une impression antérieure. Il rentra chez lui un peu sombre , car ce soir-là même, M. Pennington devait dîner de nouveau chez lui.

Après le dîner, Patricia et Pennington disparurent comme d'habitude dans la véranda et ne furent plus revus jusqu'à ce qu'il soit temps pour les invités de Patricia de partir. Le mari s'attarda d'un air maussade près du feu après que la porte se fut fermée sur le dernier, qui se trouvait être le possible.

"Patty," commença-t-il, "tu ne trouves pas ça un peu... euh... inhospitalier..."

"Oh, Mort," interrompit Patricia, "ne sois pas ennuyeux."

Mais Mortimer Crabb avait sorti sa montre et l'examinait d'un air judiciaire.

« Savez-vous, dit-il calmement, que vous êtes là-bas depuis dix heures ? Je ne pense pas que ce soit tout à fait décent.

C'était la première fois que son mari utilisait exactement ce ton, et Patricia le regarda avec curiosité, puis fit la moue et rit.

"Jaloux!" elle rit et lui envoyant un baiser s'envola à l'étage, laissant son mari toujours regarder dans le feu. Mais il ne souriait pas comme il le faisait habituellement lorsque telle était son humeur, et lors de son dernier regard en arrière, Patricia ne manqua pas de s'en apercevoir. Au lieu de la suivre, Mortimer Crabb alluma un cigare et se dirigea vers son bureau. Peut-être aurait-il dû parler plus sévèrement à Patricia avant cela. Il en avait parlé une douzaine de fois. Gossip n'avait pas été très gentil avec Pennington, mais Crabb ne croyait pas aux ragots et il croyait en sa femme.

Il termina son cigare puis en alluma un autre tout en essayant de réfléchir, jusqu'à ce qu'enfin Patricia, une jolie vision en tresses et en dentelle, vienne en crépitant. Il entendit les pas et sentit les mains douces sur ses épaules, mais ne tourna pas la tête. Il savait ce qui allait arriver et n'avait ni l'humour ni l'art de faire des compromis. Patricia, avec une rapide divination, retira ses mains et se dirigea vers le feu où elle put regarder son mari.

"Eh bien," dit-elle, à moitié provocante. Crabb répondit sans lever les yeux du feu.

"Patty," dit-il doucement, "vous ne devez pas inviter M. Pennington à la maison." Patricia le regarda comme si elle n'avait pas bien entendu. Mais elle ne parlait pas.

« Vous devez savoir, poursuivit-il, que je pense à vous et à M. Pennington depuis un certain temps, mais je n'ai jamais parlé aussi clairement auparavant. Vous ne devez plus être vu avec M. Pennington.

Il se leva et jeta ses cendres de cigare dans la cheminée puis se tourna vers sa femme. Le pied de Patricia tapait rapidement sur l'aile tandis que sa silhouette présentait l'image d'une dignité blessée.

«C'est absurde, impossible», haleta-t-elle. "Je vais rouler avec lui demain après-midi."

Et puis, après une pause pendant laquelle elle scruta avec impatience le visage de son mari, elle éclata d'un rire nerveux : « Sur ma parole, Mort, je crois que tu es *jaloux* .

— Peut-être que oui, dit lentement Crabb, mais je suis aussi sérieux. Fais ce que je demande, Patricia. Ne roulez pas demain...

« Et si je refusais... »

Crabb haussa ses larges épaules et se détourna.

« Ce serait dommage, dit-il, c'est tout. »

« Mais comment pouvez-vous faire une chose pareille, s'écria-t-elle, sans raison, sans aucune excuse ? Eh bien, Heywood est ici tous les jours depuis... » puis il s'interrompit, confus.

Crabb eut un sourire plutôt sombre, mais il laissa généreusement passer l'occasion.

« Toutes les raisons que je souhaite, toutes les excuses dont j'ai besoin. N'est-ce pas suffisant ?

"Non, ce n'est pas le cas, je refuse de croire quoi que ce soit à son sujet." Crabb regarda sa femme d'un air sombre .

« Alors nous ferions mieux de ne rien dire de plus. Votre attitude m'empêche de discuter la question. Bonne nuit." Il ouvrit la porte et attendit qu'elle sorte. Elle hésita un instant puis passa devant lui, ses fronces respirant la rébellion.

Le lendemain matin, il lui a dit au revoir alors qu'elle lisait son courrier.

"Tu vas lui écrire, Patty, n'est-ce pas ?" dit-il en sortant.

"Oui, oui," répondit-elle rapidement, "je le ferai, je lui écrirai."

Patricia lui a écrit. Mais ce n'était pas du tout le genre de lettre que Crabb aurait voulu voir.

Cher Heywood [il a couru], quelque chose est arrivé, donc je ne peux pas rouler aujourd'hui. Retrouve-moi près de l'arche de Washington Square à trois heures. Jusque là-

Comme toujours,
P.

CHAPITRE XVI

Patricia se réveilla brutalement et avec le sentiment effroyable qu'elle s'était ridiculisée. Heywood Pennington a soudainement disparu de sa vie, aussi complètement que si la Cinquième Avenue l'avait ouvert et englouti. Très subitement, il avait quitté New York, disaient-ils. Et un matin, sur son plateau de petit-déjeuner, Patricia trouva ce qui suit, d'une écriture inconnue et visiblement déguisée :

12 et 19 mars—

Mme Mortimer Crabb,

Chère madame:

J'ai en ma possession vingt et une lettres et notes écrites par vous à M. Heywood Pennington, anciennement de Philadelphie. Veuillez accuser réception de cette communication et apporter à ce bureau, en personne, le mercredi de la semaine prochaine, cinq mille dollars en espèces, sinon les lettres seront postées à M. Crabb.

(Signé) JOHN DOE ,
Soins à Fairman et Brooke, n° —— Liberty Street.

Là, dans ses doigts, il affichait sa brutalité. Qu'est-ce que cela pourrait signifier ? Ses lettres ? À Heywood Pennington? Eh bien, ce n'étaient que des notes, de petits enregistrements inoffensifs de leur amitié. Qu'avait-elle dit ? Comment cette odieuse biche avait-elle… ?

Cela faisait une semaine qu'elle n'avait pas vu le prodigue. Ils s'étaient disputés quelques jours auparavant, car l'humour paresseux de M. Pennington s'était transformé en une non-convention imprudente qui l'avait quelque peu surprise. Sa déclaration secrète d'indépendance l'avait un peu déroutée et elle commençait à se sentir de plus en plus comme l'enfant avec le pot de confiture - sauf que le pot de confiture était disproportionné par rapport aux vrais pots de confiture et aux frottis. semblait défier l'usage le plus généreux de l'eau et du savon. Cette horrible biche était le garçon du voisin qui l'avait raconté, et Mortimer Crabb fut soudainement investi d'une dignité et d'une sagesse parentales nouveau-nées. Mort! Cela la faisait frissonner à l'idée que son mari recevait ces lettres. Elle le connaissait si bien et pourtant elle le connaissait si peu. Elle était tentée de jeter tout le reste aux vents et de faire des aveux complets – de quoi ? d'une naïveté enfantine, dont l'aveu grossirait au centuple. Qu'avait-elle à avouer ? Des réunions dans le parc ? Son visage brûlait de honte. Cela aurait semblé moins enfantin si son visage avait brûlé de honte face à des choses un peu plus tangibles. Des déjeuners dans des restaurants isolés, assez innocents en eux-mêmes, dont le seul plaisir était de savoir qu'elle les prenait sans autorisation. Elle savait qu'elle méritait d'être mise dans un coin ou d'être envoyée au lit sans souper, mais elle frémit à l'idée de croiser le regard de son mari. Elle savait qu'il pouvait le rendre singulièrement froid et sans compromis.

Et les lettres. Pourquoi Heywood ne les avait-il pas brûlés ? Et pourtant, pourquoi aurait-il dû le faire ? Les idées de Pennington sur une position compromettante qu'elle réalisa, avec une certaine amertume, différaient quelque peu des siennes. Et elle savait qu'elle *n'aurait pas* pu écrire quoi que ce soit à regretter. Elle essayait de réfléchir, et une phrase, ici et là, lui revenait à l'esprit. Peut-être que Mort la connaissait assez bien pour deviner à quel point ils signifiaient peu – mais peut-être que non. Les mots écrits à un autre étaient si désespérément faciles à mal comprendre.

Comment ces lettres ont-elles pu tomber entre les mains d'un étranger ? Plus elle y pensait, plus le mystère devenait impénétrable. Comment cette méchante Doe aurait-elle pu deviner son identité ? Quelques-unes de ces lettres étaient signées simplement « Patty », mais la plupart d'entre elles n'étaient pas signées du tout. C'était épouvantable d'être insulté sans aucune réparation. Cinq mille dollars! L'insignifiance même des chiffres a aggravé sa situation. Était-ce la valeur de sa réputation ? En réalité, sa fortune était tombée à son plus bas niveau. Elle essaya d'imaginer John Doe, un petit furet aux yeux lourds, aux cheveux roux et au devant de chemise froissé, assis dans un bureau miteux au troisième étage des escaliers, tripotant ses petites notes parfumées avec ses doigts sales. Oh, c'était horrible, horrible ! Mais comment pourrait-elle s'échapper ? Ne ternirait-elle pas encore davantage son âme en payant l'argent misérable – l'argent de Mort – en échange de sa désobéissance à son égard ? Chaque instinct était révolté à cette pensée. Ne vaudrait-il pas mieux, après tout, s'en remettre à la merci de Mort ? Elle savait maintenant à quel point il était plus grand et meilleur que tout autre chose au monde. Elle l'aimait maintenant. Elle le savait. Il n'y aurait plus jamais d' imaginaires . Elle avait envie de sentir ses bras protecteurs autour d'elle et d'entendre sa voix calme et ferme dans ses oreilles, même si c'était pour la gronder pour la simple enfant qu'elle était. Ses bras lui semblaient un plus grand sanctuaire maintenant – maintenant qu'elle n'était pas sûre de pouvoir un jour les lui ouvrir. Tenant toujours la lettre , elle enfouit son visage dans les oreillers de son canapé et pleura. Cette nuit-là, elle a fait savoir qu'elle avait mal à la tête, mais une nuit de sommeil a fait des merveilles. Une personne joyeuse et souriante descendit sur Crabb au milieu de son café du matin.

"Quoi! Petit pâté! A la table du petit-déjeuner ? Les merveilles ne cesseront-elles jamais ?

« Je ne suis pas venu prendre le petit-déjeuner, Mort. Je voulais te voir avant que tu partes.

Crabb sourit par-dessus sa tasse de café.

« Qu'est-ce qu'il y a, Patty ? Un chapeau ou une cape d'opéra ? Je suis préparé. Racontez-moi le pire.

« Ne le fais pas, Mort – s'il te plaît. Je ne peux pas te supporter facétieux. Il s'agit... euh... de la facture de Madame Jacquard et de quelques autres. Ils sont devenus un peu gros et elle... elle veut que je l'aide aujourd'hui... si je peux... si tu peux... et je lui ai dit que je le ferais... »

Crabb était plongé dans la contemplation de son muffin. Mais il a laissé sa femme se battre jusqu'au bout. Puis il leva les yeux un peu sérieusement sous ses sourcils épais.

« Euh... euh... combien, Patty ? Un millier? Je pense que cela peut être géré... »

"Non, Mort," l'interrompit-elle en tremblant, "vous voyez, j'ai dû me procurer tellement de choses ces derniers temps - nous sortons beaucoup, vous savez - beaucoup d'autres choses que vous ne comprendriez pas."

"Oh! Peut-être que je pourrais le faire.

« Non... je... j'ai bien peur d'avoir été plutôt extravagant cet hiver. Je ne vous l'ai pas dit, mais j'ai... j'ai épuisé mon argent de poche depuis longtemps... il y a très longtemps.

Les sourcils de Mortimer Crabb étaient désormais vraiment menaçants.

« Il me semble... » commença-t-il. Mais elle l'interrompit aussitôt.

« Je sais qu'on devrait me traiter de mendiant à cheval, parce que j'ai vraiment monté plutôt... assez vite cet hiver... »

"Deux mille?" » il a interrogé.

« Non, Mort, tu vois, il n'y a pas que les robes et les chapeaux. J'ai peur d'avoir perdu plus que ce que j'aurais dû perdre aux enchères.

"Pont!" dit-il impitoyablement, je pensais...

"Oui... bub... pont."

«Je pensais que mon avertissement pourrait être suffisant. Je suis désolé--"

«Moi aussi», murmura-t-elle, la tête baissée, maintenant complètement abaissée. "Je ne vais plus jouer ."

« Combien ? trois mille ? » il a demandé à nouveau.

« Non, » dit-elle désespérément, « plus. J'ai peur qu'il faille cinq mille dollars pour tout payer.

"Phew!" il a sifflé. « Comment, au nom de tout cela, c'est cher... »

« Oh, je ne sais pas... » impuissant, « l'argent s'accumule si vite – je suppose que mon père pourrait m'aider si tu ne peux pas – mais je ne voulais pas lui demander si je pouvais l'aider ; tu sais qu'il... »

"Oh, non", dit Crabb avec un mouvement brusque de la main. "Cela peut être géré, bien sûr, mais j'avoue que je suis surpris, très surpris que vous n'ayez pas jugé bon de me rapprocher de votre confiance."

«Je suis désolée, Mort», marmonna-t-elle humblement. "Cela n'arrivera plus."

Crabb repoussa sa chaise et se leva. "Oh, eh bien, n'en dis rien de plus, Patty. Il faut bien sûr y veiller. Donnez-moi simplement une liste des articles et j'enverrai les chèques.

"Mais, Mort, j'aimerais———"

«Je vais juste m'arrêter chez Madame Jacquard en chemin vers le centre-ville et...»

Patty sursauta puis retomba faiblement.

« Oh, Mort, chérie, balbutia-t-elle, ça n'en vaut pas la peine . Ce serait tellement hors de votre portée... »

"Pas du tout", dit Crabb, se dirigeant joyeusement vers la porte. « Ce n'est qu'à deux pas du métro, et ensuite je pourrai remonter l'avenue... »

Mais Patricia, à ce moment-là, avait bien attaché les revers de son manteau et le regardait au visage, à moitié en larmes.

« Je... je veux voir Madame au sujet de choses qu'elle n'a pas encore envoyées... il faut que j'y aille aujourd'hui. Je vais... je lui dirai, Mort, et ensuite, si tu veux bien arranger ça, je lui enverrai le message demain.

Mortimer Crabb regarda les yeux bleus qu'elle leva vers les siens et céda.

« Très bien, dit-il, vous ferez ce que vous voulez. » Et puis, avec un sourire soupçonneux : « Dois-je faire un chèque à votre commande ?

« Pour... pour les miennes, Mort... ça me donne toujours le sentiment d'être plus important de payer mes factures moi-même... et en plus... le pont... tu sais.

Lorsque Patricia entendit la porte d'entrée se fermer derrière son mari, elle poussa un grand soupir et se laissa tomber sur le divan dans un état d'effondrement total.

Le lendemain, Patricia s'habillait d'une jupe unie et sombre, d'un long manteau gris et portait deux épais voiles sur un discret chapeau de marin. Dans sa main, elle tenait un petit cartable contenant le précieux chèque et l'odieuse lettre de John Doe. Elle est d'abord allée à la banque et a converti le chèque en billets de mille dollars. Puis, marchant d'un pas rapide, elle prit le bus pour cette région inconnue que les hommes appellent le centre-ville. Il n'y a eu aucune difficulté à trouver l'endroit. La porte étroite qu'elle avait imaginée était large, voire imposante, et un concierge irlandais au visage joyeux balayait le trottoir en sifflant. Ce n'était pas du tout dickensique ou machiavélique. L'ambiance était celle d'un New York très joyeux et moderne et le moral de Patricia s'est ravivé. Un garçon proprement vêtu de boutons dirigeait l'ascenseur.

Mais alors que l'ascenseur montait en flèche, le cœur de Patty s'est brisé. Elle avait espéré qu'il y aurait des escaliers à monter. L'imminence de la visite l'effraya, et avant qu'elle s'en rende compte, elle fut déposée, un paquet de nerfs tremblants, devant la porte même. Rassemblant ses forces brisées, elle frappa timidement et entra. C'était une pièce gaie avec un tapis clair et une vue sur la rivière. Un petit garçon assis à l'intérieur d'une balustrade en bois se leva d'un bond et s'avança.

«Je souhaite voir M. Doe», balbutia Patty, «M. John Doe.

"Ça doit être une erreur", dit le jeune. « Ici Fairman & Brookes, Investissements. Personne de ce nom ici, madame.

À ce moment-là, un homme âgé d'apparence très convenable s'avança d'un bureau intérieur.

"Mme. Crabe ? » s'enquit-il poliment. "Cela suffira, Dick, vous pouvez entrer", puis d'un ton plutôt interrogateur: "Vous souhaitiez voir M.... euh... M.... Doe ? " M. John Doe? Je pense qu'il t'attendait. Si vous attendez un moment, je verrai. » Et il entra par une porte qui menait à un autre bureau.

Patricia se laissa tomber sur une chaise près de la balustrade, complètement déconcertée. Cette vilaine créature l'attendait ! Comment pouvait-il l'attendre ? Ce n'était que vendredi et le rendez-vous n'était que le mercredi de la semaine suivante. Elle regarda son environnement, essayant de trouver un défaut dans leur costume prospère de respectabilité. Qu'une telle coquinerie puisse exister sous couvert de bonnes affaires ! Et la personne bienveillante qui avait porté son nom pourrait très bien servir dans la sacristie de l'église Saint-... ! Il y avait véritablement des profondeurs d'iniquité dans cette vile communauté d'hommes d'affaires que sa petite chute sociale ne pourrait jamais chercher à sonder. Le petit homme roux aux yeux de furet avait disparu de son esprit. À sa place, elle voyait un type encore plus alarmant : l'homme élégant, soigné, aux yeux dissipés, qu'elle et Mort avaient souvent vu dîner dans des restaurants populaires. Sa mission ne serait pas aussi facile à accomplir qu'il y paraissait. Son discours à l'homme aux yeux de furet, qu'elle avait si soigneusement répété, avait complètement disparu de son esprit. Ce qu'elle devait dire à cet autre homme, qu'elle détestait et craignait à la fois, son esprit vagabond refusait de l'inventer. Ainsi , malgré un courageux équilibre de tête, elle restait assise dans une sorte de syncope de consternation et attendait — elle ne savait quoi.

Le bienveillant sacristain revint souriant.

"M. Doe vient d'arriver, Mme Crabb. Si vous voulez bien venir par ici. Il ouvrit la porte et s'écarta avec une courtoisie d'antan qui la désarma. Il la suivit dans le couloir intérieur et ouvrit une autre porte, tout en souriant, et Patricia, tremblante de la tête aux pieds, mais résolue, entra, tandis que la personne âgée fermait soigneusement la porte derrière elle. Une grande silhouette vêtue d'un pardessus et d'un chapeau moelleux était penchée au-dessus de la cheminée, de l'autre côté de la pièce, ajustant une bûche.

"M. Biche?" » fit une petite voix étouffée derrière le voile de Patricia.

L'homme près de la cheminée touchait toujours les bûches et ne faisait aucun geste pour enlever son chapeau.

« La brute, la brute totale », pensa Patricia, puis à haute voix : « M. Biche, je crois.

"Oui, madame", dit enfin une voix. "Je m'appelle John Doe, que puis-je faire pour vous ?"

«Je suis venu à propos des lettres – les lettres, vous savez, dont vous m'avez écrit. Je suis prêt à–à les racheter.

"H-m," grogna le pardessus. « C'est Crabb, n'est-ce pas ? Mme Crabb ? Je mélange toujours les lettres de Cobb et de Crabb – six de l'une et une demi-douzaine de l'autre... »

"Je vous demande pardon", balbutia Patty.

« Des cas très similaires. Mauvais homme – bonne femme. Un mari confiant, hé ? Eh bien, marmonna-t-il brutalement, avez-vous apporté l'argent ?

«C'est ici», dit Patricia en tremblant. « Maintenant les lettres… et laissez-moi partir. »

L'homme se dirigea lentement vers un bureau adossé au mur, le dos toujours tourné, en sortit un paquet, se leva et, se retournant, le tendit à Patricia.

Si son regard n'avait pas été fixé avec autant d'attention sur l'écriture manuscrite du paquet, elle n'aurait pas pu manquer de remarquer les yeux gris souriants au-dessus du col relevé du manteau.

"Eh bien, il est cacheté et adressé à moi !" s'écria-t-elle, surprise. "Le colis n'a même pas été ouvert."

"Je n'ai jamais dit que c'était le cas", a déclaré l'homme au pardessus en retirant son chapeau. "Je ne voulais pas lire ça, Patty."

Le paquet tomba au sol au milieu des billets qui flottaient. Les genoux de Patricia tremblaient et elle serait tombée si deux bras puissants ne l'avaient pas entourée et ne l'avaient pas soutenue.

"Ce n'est que Mort, Patty", dit une voix. « Tu ne comprends pas ? Tout cela n'a été qu'une tromperie et une erreur. Il n'y a pas de John Doe. C'est seulement ton mari... »

"Oh, comment as-tu pu, Mort?" sanglota Patricia. "Comment as-tu pu être si dur, si cruel ?"

La réponse de Crabb fut de repousser le voile du visage de sa femme et d'embrasser ses larmes. Elle ne résista pas maintenant et se laissa tomber contre lui avec un soupir reposant qui lui en disait plus que n'importe quel mot sur la pleine mesure de sa pénitence. Mais au bout d'un instant , elle redevint pâle et les yeux écarquillés.

"Mais ce bureau, ces gens, savent-ils..."

« À vos souhaits, non », rit Crabb. « Fairman est une sorte de mes associés. Je n'ai emprunté son bureau privé que pour une heure environ. Il pense que c'est une farce. C'était… c'est… cruel… »

"Mais il devinera..."

"Oh, non, il ne le fera pas", a ri Crabb.

Le regard de Patricia tomba doucement sur le sol où les factures et le colis gisaient toujours dans une confusion désordonnée.

« Et les lettres… tu ne les as même jamais lues ?

les lire ."

"Pouvez-vous un jour me pardonner, Mort?" Elle s'écarta de lui, se pencha jusqu'au sol, ramassa le paquet et brisa le sceau.

"Mais tu les *liras*, Mort", cria-t-elle, le visage enflammé, "jusqu'au dernier idiot d'entre eux."

Mais les mains de Crabb se refermèrent sur les siennes et lui enlevèrent doucement le paquet. Sa seule réponse fut de jeter les papiers au feu.

"Oh, Mort," murmura-t-elle, horrifiée, "qu'as-tu fait ? Tu pourrais croire *n'importe quoi* de moi maintenant."

"Je le ferai," rit-il, "c'est ta pénitence."

"S'il te plait, Mort... il est encore temps... lis-en quelques-uns..."

Crabb tâtait vigoureusement le feu.

« Oh, Mort, c'est inhumain ! Vous ne connaissiez qu'Heywood Pennington... »

« Chut ... » dit Crabb en posant sa main sur ses lèvres. "Pas de noms——"

"Mais il--"

"Non non." Et puis, après une pause, "Il n'était même pas un possible, Patty." Elle n'en dit pas plus. Ils étaient assis main dans la main et regardaient le récit des bêtises de Patricia partir en fumée. Et quand le dernier morceau eut disparu, il se leva joyeusement et ramassa les billets éparpillés.

« Viens, Patty, déjeuner ! Et après cela (Mortimer Crabb s'arrêta de nouveau et cligna des yeux d'un air interrogateur devant le feu), ne ferions-nous pas mieux de respecter vos fiançailles avec Madame Jacquard ?

CHAPITRE XVII

se terminèrent les possibles . Et ce que Patricia avait pris pour le fantôme de la romance s'envola dans la fumée du feu de John Doe. Mortimer Crabb n'a jamais divulgué aucune information sur la manière dont il avait obtenu les lettres, ni aucune information sur ce qu'il était advenu de Heywood Pennington. Pendant un instant horrible, l'idée traversa l'esprit de Patricia que peut-être il n'y avait jamais eu de lettres d'elle dans le paquet que son mari avait brûlé, mais elle l'écarta aussitôt comme reflétant désagréablement la qualité de son intelligence. Mais une chose était sûre, elle avait désormais une compréhension adéquate de l'esprit de son mari. C'était le seul malentendu qu'ils avaient jamais eu et Patricia savait qu'il n'y en aurait jamais d'autre. M. Pennington n'est pas apparu de nouveau et, en ce qui concerne cette histoire véridique, après son départ de New York, il se peut qu'il se soit rendu immédiatement à Jéricho. Patricia cessa de penser à lui, non pas parce qu'il n'était pas présent, mais parce que penser à lui lui rappelait qu'elle avait été une idiote, et qu'aucune femme ayant la réputation d'intelligence que possédait Patricia ne pouvait se permettre de faire un tel aveu, même à elle-même. . Elle était maintenant sûre de plusieurs choses – qu'elle aimait Mortimer Crabb de tout son cœur – et qu'elle n'aimerait jamais quelqu'un d'autre de sa vie . Elle pourrait flirter, oui, bien plus, elle *doit* flirter. A quoi bon passer sa vie à amener un art à la perfection atteinte par Patricia et y renoncer brusquement ? Heureusement , son mari ne lui demandait pas cela. Il n'a jamais vraiment su ce qu'elle allait faire ensuite, mais il ne s'est jamais vraiment méfié d'elle. Et c'est tout à l'honneur de Patricia qu'elle n'a jamais causé de souffrance et que si elle flirtait — elle le faisait parfois — c'était pour une bonne cause.

La construction de la maison de campagne avait progressé pendant l'hiver, et le début de l'été les trouva installés là. A commencer par la pendaison de crémaillère, qui fut mémorable, les invités allaient et venaient et Patricia exerçait sur eux tous son altruisme qui, depuis l'aventure avec John Doe, avait pris un caractère quelque peu différent. Pourtant, même parmi ceux-ci, elle a trouvé du travail pour ses mains occupées.

Il se trouve que parmi leurs invités, les Crabb avaient hébergé avec eux, comme reste de la pendaison de crémaillère, une jeune fille qui, parce qu'elle n'était qu'un peu plus jeune que Patricia en années, mais des siècles plus jeune en termes de connaissance du monde, était devenue l'une d'elles. amis les plus précieux.

La petite Miss North l'aimait aussi – elle l'admirait comme les ignorants le font pour les sages, et lorsque ses fiançailles avec le baron DeLaunay furent annoncées, Aurora vint le dire à Patricia avant même qu'elle n'en parle à sa famille. Pourtant, l'esprit astucieux de Patricia a découvert que quelque chose n'allait pas et elle a exhorté la jeune fille à venir se joindre à sa pendaison de crémaillère dans le seul but de découvrir le véritable caractère intime des fiançailles et peut-être aussi - qui le dira ? - de pratiquer à nouveau ses arts.

Après un jour ou deux de légères questions, d'étude, d'observation, elle commença à voir la lumière.

Puis elle invita le Baron pour un week-end, et fit certains préparatifs.

Puis elle attendit son arrivée, les nerfs à vif.

Elle rencontra son mari et le baron sur les marches alors qu'ils descendaient de la machine qui les ramenait de la gare.

« Ah monsieur ! tellement heureux! Je me demandais si tu serais là à temps pour prendre le thé.

"Les chevaux sauvages n'auraient pas pu me retenir plus longtemps, d'après un aperçu de vos *beaux yeux*, Madame."

Il se pencha d'un beau geste et embrassa le bout des doigts de Patricia, mais elle riait gaiement.

« Ne gaspillez pas de jolis discours, baron. En plus… » Elle fit une pause significative et désigna la porte par laquelle les épaules de son mari avaient disparu, « elle est là », termina-t-elle.

« *Hélas !* » Le Français haussa les épaules de manière expressive ; puis il se redressa et montra ses dents en souriant.

« Comme mes discours sont inutiles, je vous suivrai, Madame. »

Patricia fit une pause.

« Tout le monde aime un amant, même moi… »

"Oui oui--"

«Si je pouvais être sûr que tu aimais…»

"Toi?"

"Elle", sévèrement.

Il haussa encore les épaules : « Ah, oui, je l'aime, bien sûr ! Sinon, pourquoi devrais-je souhaiter l'épouser ?

« Je me demande, lentement, pourquoi tu parles de mes *beaux yeux* ? dit-elle pensivement.

"Parce que je ne peux pas m'en empêcher..."

«Un amoureux devrait être aveugle», ajouta-t-elle.

"Comme un mari?" » demanda-t-il d'un ton significatif.

"Comme une épouse", corrigea-t-elle sobrement.

Il la suivit à l'intérieur, où Aurora les rencontra à la porte de la bibliothèque.

"Thé, Aurora", annonça-t-elle. « Veux-tu le verser ? Mort et moi arriverons dans un instant.

Elle resta avec insistance dans l'embrasure de la porte jusqu'à ce qu'elle aperçoive DeLaunay assis en toute sécurité sur le davenport à la table à thé aux côtés d'Aurora, et alors seulement elle partit en direction du fumoir.

Mortimer Crabb buvait un verre de whisky et d'eau. Au son de la voix de sa femme , il se retourna.

"L'as-tu compris, Mort?" elle a demandé.

Pour répondre, il fouilla dans les poches de son pardessus et en sortit un petit paquet.

"Oh oui. C'est ici. Une affaire assez insignifiante pour en faire autant d'histoires, » et il le lui tendit.

« Ce sont les petites choses qui comptent le plus, mon cher mari, comme ça, dit-elle d'un ton significatif, et ceci, et elle l'embrassa pour sa récompense.

Il l'éloigna de lui et la regarda avec la bonne humeur, l'humour narquois qui le caractérisait.

"Tu ne m'embrasses jamais à moins que tu ne fasses des bêtises, Patty."

« Alors tu devrais être heureux que je sois espiègle, Mort. C'est un vent mauvais qui ne fait du bien à personne.

«H—m. Pourquoi tout ce mystère ? Tu ne peux pas le dire à un gars ?

Elle secoua la tête.

"Non."

"Pourquoi pas?"

"Parce qu'alors tu n'en sais pas autant que moi."

"Pourquoi pas?" il a protesté. "Je suis ton mari."

"Parce que si tu en savais autant que moi..." Elle fit une pause. "Tu sais, Mort, il n'y a que le mari ignorant qui est entièrement et merveilleusement heureux."

"Je n'en suis pas si sûr", a-t-il ri.

"N'es-tu pas heureux, Mort?" elle a demandé.

« Ah, accroche-toi, oui. Mais--"

"Alors il n'y a plus rien à dire", et elle l'embrassa à nouveau.

"Je ne peux pas comprendre——"

Elle posa des doigts résistants sur son bras.

« Bien sûr que vous ne pouvez pas. C'est un de tes charmes, Mort, chérie. C'est bien mieux pour une femme d'être incomprise. Le mari qui « comprend » sa femme est sur la route du purgatoire. Ne posez plus de questions. Si je leur réponds , je vous mentirai sûrement.

« Que diable Daggett et McDade peuvent-ils faire pour vous ? Ce sont des imprimeurs. Ils ne gravent pas vos cartes, vos papiers à lettres ou quoi que ce soit... »

"N——o", avec une inflexion montante.

« Eh bien... quoi ? »

«J'avais besoin d'une impression.»

« Eh bien, pourquoi ne pas aller chez Tiffany ? L'idée que vous m'envoyiez du côté Est... »

"Ce sont des imprimeurs tellement adorables, Mort."

« Qui a déjà entendu dire qu'une imprimante était adorable ? Truquer! Quel est le jeu maintenant ? Tu ne peux pas le dire à un gars ?

"Non", fermement.

Crabb a toujours reconnu la note de finalité dans la voix de sa femme, alors il a simplement haussé les épaules et l'a suivie des yeux alors qu'elle envoyait un autre baiser dans sa direction et disparaissait dans les escaliers.

Dans l'intimité de sa propre chambre, Patricia faisait des choses énigmatiques avec des journaux, une paire de ciseaux et le paquet des adorables imprimeurs, et quand elle eut fini, elle plia les journaux, avec leur contenu mystérieux, y compris les ciseaux, et avec un bref regard sur elle-même dans le miroir, descendit les escaliers.

Elle entra sans bruit dans la bibliothèque et après un coup d'œil à ses invités attablés à la table à thé, elle glissa son paquet dans le tiroir de la table de la bibliothèque et les rejoignit.

"Comme vous me rendez envieux, vous deux," soupira-t-elle en se laissant tomber sur une chaise, "vous êtes tellement satisfaits de vous-mêmes et l'un de l'autre."

DeLaunay sourit et toucha sa tasse de thé.

"L'auriez-vous autrement?" Il a demandé.

"Oh, non," dit-elle légèrement, "je suis une gouvernante professionnelle auprès de personnes polies et bien intentionnées de sexes opposés. Les gouvernantes des crèches ne sont pas autorisées à émettre des émotions ou des opinions d'aucune sorte, mes chères.

"Mais même les gouvernantes des crèches sont humaines, me dit-on", a déclaré DeLaunay en montrant ses dents blanches.

"Sont-ils? *Mes* gouvernantes ne l'ont jamais été. Ils étaient tous inhumains, comme moi. La vue d'une licence juvénile éveille tous mes instincts professionnels. C'est pourquoi je suis si demandée par les mères désespérées d'héritières romantiques.

"Petit pâté! tu es horrible. Les yeux aux paupières lourdes d'Aurora s'ouvrirent en grand. « Je ne suis pas romantique – pas du tout – et je ne suis *pas* une héritière… »

"Oh," dit Patricia.

« Du moins, » corrigea Aurora, « pas au sens moderne du terme. Mais cela n'aurait pas d'importance pour Louis ou pour moi si nous devions vraiment travailler pour gagner notre vie. J'ai tellement hâte d'être utile au monde. Oh, nous avons déjà prévu cela, n'est-ce pas, Louis ?

"Oui", a déclaré DeLaunay d'un ton vif, avec un regard de défi dans les yeux pour Patricia. "Nous avons prévu cela."

Les lèvres de Patricia se tordirent, mais elle ne dit rien.

« Je pense parfois, Patty, poursuivit Aurora, que tu es un peu antipathique. N'aimeriez-vous pas vraiment nous voir mariés ?

Patricia a ri. "Oh, oui, mais pas les uns envers les autres."

"Pourquoi pas?"

« Tu es trop amoureuse, ma chérie, pour commencer. *C'est si bourgeois...
n'est - ce -pas, baron ?* Les choses sont mieux réglées en France ?

Il haussa les épaules.

« Vos coutumes en Amérique sont très agréables », répondit-il
imperturbablement. "J'ai en effet la chance de me trouver autant en accord
avec eux."

Aurora lui lança un regard ravi en guise de récompense, et il prit ses doigts
dans les siens en défiant calmement sa jolie hôtesse.

Patricia posa sa tasse de thé finie en riant et se leva.

"Alors je ne peux pas vous consterner, ni vous ni l'autre ?"

Aurora sourit avec mépris.

"Pas du tout, n'est-ce pas, Louis ?"

« Pas du tout », répéta-t-il.

"Oh, très bien, votre sang sur vos propres têtes."

"Ou dans nos cœurs, Madame", corrigea DeLaunay en s'inclinant.

"Viens, Aurora," sourit Patricia, "il est temps de s'habiller."

<hr>

Patricia a passé du temps et réfléchi à sa toilette. Sa couleur était d'un vert
d'eau profond, car elle s'accordait avec ses yeux, qui ce soir étaient
insondables. Au milieu de ses occupations délicates , elle tourna la tête par-
dessus son épaule et appela son mari. Mortimer Crabb apparut à la porte de
sa loge qui jouxtait, un côté du visage rasé, l'autre blanc de mousse.

"Qu'est-ce que c'est?" marmonna-t-il.

Patricia contemplait l'arrière de sa tête devant la coiffeuse à l'aide d'un
miroir à main, ôtait une à une les épingles à cheveux de sa bouche et les
plaçait délibérément avant de répondre.

« Mort, » dit-elle lentement, « je veux que tu emmènes Aurora faire un tour
en moteur... »

"Ce soir! Oh, je dis, Patty... »

« Ce soir », dit-elle fermement. «Je vais arranger ça. Il fera nuit et vous allez
vous perdre... »

"Comment sais-tu que je le suis?"

« Parce que je te le dis, idiot ! Il faut *s'égarer* pendant trois heures.

Il la regarda avec perspicacité.

« Quoi de neuf maintenant ? Dis-moi, n'est-ce pas ? J'en ai marre de me retourner et de faire le mort. Je suis. D'ailleurs, que puis-je faire avec cette fille pendant trois heures ?

"Oh, je m'en fiche", a déclaré Patricia. « Racontez -lui des histoires, des histoires romantiques. Elle aime ça. N'importe quoi, fais-lui l'amour si tu veux.

"Pour que DeLaunay puisse *te faire l'amour* ", d'un ton maussade. "Je vois. Je ne vais pas le supporter. Je n'aime pas trop ce type en l'état. Il néglige honteusement Aurora... »

"C'est *négligent* de sa part, n'est-ce pas ?" dit-elle en inclinant la tête en arrière pour obtenir un autre angle sur sa coiffure.

Crabb fit un pas plus près, brandissant son rasoir de sécurité avec une juste indignation.

« C'est dommage, je vous le dis. Vous ne semblez avoir aucune conscience ni aucun sens des proportions. Vous flirteriez avec un indien cigare s'il n'y avait rien d'autre autour. Pourquoi ne pouvez-vous pas laisser ces jeunes tranquilles ? Pensez-vous que j'aime l'idée que vous passiez la soirée ici bien au chaud avec ce Français pendant que je fais la navette avec cette idiote dans le noir ?

« Mortimer, tu es peu galant ! Que t'a jamais fait la pauvre Aurora ? Elle se retourna sur sa chaise, le regarda, puis éclata de rire. Il la regarda avec un froncement de sourcils perplexe. Il n'a jamais su exactement comment prendre Patricia quand elle se moquait de lui.

« Si tu savais à quel point tu es drôle, Mort, chérie. Il y a une tache de savon sur le bout de ton nez et tu ressembles à une charlotte russe. Elle se leva lentement, posa ses doigts sur son bras et le regarda dans les yeux avec une expression très gagnante.

"Ne sois pas stupide, chérie," dit-elle doucement. « Tu sais que tu as dit que tu ne douterais plus jamais de moi. Je sais de quoi je parle. J'ai un devoir, un devoir sacré à accomplir et vous allez en prendre votre part.

"Un devoir?"

Elle acquiesça. « Vous ne devez pas le savoir avant que tout soit fini. Vous ne devez pas remettre en question, vous devez être bon et faire exactement ce que je vous dis de faire. N'est-ce pas, Mort ? Là, je savais que tu le ferais. C'est vraiment une petite chose à faire.

Elle se pencha aussi près de lui que possible sans se mettre du savon sur le visage.

« Je vais te confier un secret si tu me promets d'être gentil. Je n'aime pas cet homme – vraiment pas – pas du tout.

Il la regarda dans les yeux et la crut. « Vous finissez toujours par obtenir ce que vous voulez, n'est-ce pas ? » dit-il après une pause.

« Bien sûr que oui. *A* quoi servirait un moyen, si on ne l' *avait pas* ?

Cela semblait logique sans réponse, alors Crabb sourit.

« Tu es une étrange, Patty », ce qui, comme Patricia le savait, signifiait qu'elle était la plus extraordinaire et la plus merveilleuse des personnes. Alors elle lui sourit à l'arrière de la tête alors qu'il sortait parce qu'elle était d'accord avec lui.

CHAPITRE XVIII

Le dîner de Patricia touchait à sa fin délectable et le café avait déjà été servi lorsque le majordome se dirigea vers la porte d'entrée et rapporta un télégramme sur un plateau en argent.

Patricia le ramassa et le retourna délicatement.

"Pour toi, Aurora," dit-elle.

Aurora, avec ses excuses, déchira l'enveloppe et lut, le front assombri.

"J'espère que ce n'est rien de grave", dit Patricia, doucement sympathique.

Aurora se leva précipitamment. « Je ne sais pas », dit-elle d'un ton dubitatif, puis elle lisait : « 'Tante Jane malade, viens en voiture ce soir si possible.' Il n'y a pas de signature. Je suppose que je vais devoir y aller. Sa lèvre dépassait enfantinement. "Comme c'est fatigant!"

"C'est très inconsidéré de sa part, n'est-ce pas ?" dit Patricia. L'air d'incompréhension persistait encore sur le visage de la jeune fille.

«Je ne vois pas ce qu'elle veut de moi», murmura-t-elle.

"Peut-être qu'elle est gravement malade", proposa Patricia.

« Peut-être… oui, je dois y aller, bien sûr. Mais comment puis-je le faire ?

"Mortimer", Patricia a fourni le signal.

«Je vais te conduire, Aurora», dit Crabb.

« Et Louis ?

DeLaunay n'a fait aucun signe.

«Je m'occuperai de Monsieur DeLaunay , mon cher. Pensez-vous que vous pourriez me faire confiance ?

Les lèvres d'Aurora disaient : « Bien sûr », mais ses yeux clignèrent rapidement plusieurs fois alors qu'elle adaptait son esprit à la situation.

La décision prise, DeLaunay s'est avancé.

"Si vous souhaitez que j'y aille..."

"Tout à fait inutile", répondit rapidement Patricia. "Si ta tante Jane est malade, Aurora———"

Aurora resta suspendue au vent un moment de regret.

« Oh, oui, il gênerait. Je vais le laisser avec toi, Patty. S'il vous plaît, ne flirtez pas plus que vous ne pouvez aider.

« Mon cher enfant, » dit Patty avec une conviction solennelle, « depuis le pauvre et stupide Freddy Winthrop, les fiancés sont *tabous*. D'ailleurs, ce soir, j'ai d'autres projets. Je ne flirterais pas si vous pouviez animer l'Apollon Belvédère. Comme le dit si chastement Mortimer, « moi pour le duvet à 10 GM » Monsieur s'entraînera sans aucun doute aux pool-shots ou jouera à une partie de Napoléon. »

"Oh, oui", dit le Français avec un calme qui cachait à peine la note de dérision.

Mais Aurora, après un long regard dans sa direction, avait disparu pour enfiler des vêtements de moto, et lorsqu'elle redescendit, Mortimer Crabb et sa voiture tremblante l'attendaient dans l'allée. Patricia et le baron leur dirent au revoir depuis le porche, puis rentrèrent dans l'éclat subtil du salon. Patricia se dirigea vers la cheminée, tourna le dos au feu et étendit ses bras galbés le long de l'étagère, faisant face à son invité avec un regard égal et un sourire qui était quelque chose entre une raillerie et une caresse. DeLaunay inhalait luxueusement la fumée de sa cigarette et appréciait son hôtesse à travers les yeux mi-clos de l'artiste à la recherche d'un « motif ». Elle était intrigante, cette femme, comme la couleur vagabonde d'un paysage dans la lumière du soleil de l'après-midi, qui scintillait un instant au soleil et se perdait l'instant d'après dans un mystère obscur - non pas le mystère des collines solennelles, mais le mystère ludique des collines. ruisseau boisé qui rit moqueusement depuis des lieux secrets. Ses yeux se moquaient de lui. Il le sentit, même si aucun des symboles physiques du rire n'était mis en évidence.

«Je suis vraiment désolée, Monsieur», commença-t-elle en français. «C'est *vraiment* dommage. Il n'y a aucune excuse pour que quiconque ait une tante malade alors que le décor est planté pour le sentiment. Moi aussi, j'avais planifié ta soirée avec tant de soin… »

« Vous êtes une âme de bonté, Madame, » dit-il poliment, l'étudiant toujours.

"Oui," continua-t-elle lentement, "je pense que oui. Mais alors je suis *chez moi*, et la charité, vous savez, commence à la maison.

« J'espère que vous n'appellerez pas cela de la charité. La charité, dit-on, est froide. Et vous, Madame, quoi que vous cherchiez à exprimer, n'êtes pas froide.

"Comment peux-tu savoir?"

"Tes yeux--"

Encore mes *beaux yeux*." Elle haussa les épaules et se tourna vers la porte. "Il est temps, je pense, pour vous de vous entraîner aux tirs en piscine."

"Ah, tu es cruel!" Il s'avança devant elle et lui tendit des mains protestataires. "Je n'aime pas la piscine, Madame."

"Ou Napoléon?"

« Non, je souhaite vous parler. S'il te plaît!"

Elle fit une pause, l'évaluant de côté.

«J'ai quelques lettres à écrire», dit-elle brièvement.

"S'il vous plaît, Madame." Il se tenait devant elle, sa silhouette élancée gracieusement courbée, faisant un signe séduisant vers le profond davenport, qui était placé de manière invitante devant le feu. Elle suivit son geste des yeux, puis avec un léger rire passa devant lui et s'assit.

"Rien sur mes *beaux yeux* alors", se moqua-t-elle.

Il la regarda avec un sourire qui montrait ses fines dents et se laissa tomber à côté d'elle et à distance.

« *Voilà*, Madame ! Vous voyez ? Je suis un ange de discrétion.

Elle sourit avec approbation. "Je suis heureux que nous nous comprenions."

"Est-ce que nous?" » demanda-t-il avec une suggestion d'effronterie.

"Je l'espère."

"Je ne suis pas si sûr. Pour moi, tu es toujours un mystère.

"Suis-je? C'est curieux. J'ai essayé de faire comprendre clairement ce que je voulais dire. Peut-être puis-je être plus clair. Depuis quelques semaines vous me faites l'amour, Monsieur. Je n'aime pas ça. Je ne flirte jamais, sauf avec les très vieux ou les très jeunes », dit-elle d'un ton mensongère. "Vous n'entrez pas dans mes limites d'âge."

Il rit gaiement.

« L'amour est de tous les âges et n'a pas d'âge. Je suis à la fois ancien et jeune. Vieux dans l'espoir, jeune dans le désespoir, dans les affaires de cœur, je vous l'assure, un véritable bébé dans les bras. Je n'ai jamais vraiment aimé – jusqu'à maintenant.

"Pourquoi épouses-tu Aurora alors?" elle a mis.

Il la regarda avec un sourcil perplexe, puis rit joyeusement. "Madame, vous êtes trop intelligente pour perdre votre temps en Amérique." Mais comme Patricia regardait le feu d'un air très grave, lui aussi retomba dans le silence et fronça les sourcils devant la cendre de sa cigarette.

— Je ne vois pas, Madame, pourquoi nous parlerions d'elle, dit-il d'un ton maussade. « Il doit être clair pour vous que notre compréhension est complète. Les mariages dans mon pays, comme vous le savez… »

"Oh, oui, je sais," l'interrompit-elle, "mais Miss North est différente. Elle n'a pas les ambitions sociales des autres filles. Miss North est romantique mais plutôt préservée. Vous est-il venu à l'esprit qu'elle pourrait peut-être espérer une relation quelque peu différente entre vous ?

« Nous sommes de bons amis, de très bons amis. Elle est charmante, dit-il avec enthousiasme, si innocente des mœurs du monde, si talentueuse, si charmante. Nous serons très heureux.

«Je l'espère», sèchement.

Il l'examina minutieusement.

« Vous avez son bonheur près de votre cœur ! N'est-ce pas le cas ? Que faut-il craindre ? Je serai très gentil avec elle. On se comprend l'un l'autre. Elle sera heureuse de la splendeur de mon ancien nom, et je désire avoir les moyens de restaurer mes domaines et de me placer dans une position d'influence parmi mon peuple. Je prends soin d'elle comme on prend soin d'une jolie fleur... mais l'esprit... l'âme, Madame, je les ai trouvés... ailleurs, » il se pencha en avant et toucha ses doigts avec les siens.

Le regard de Patricia était lointain. On aurait dit qu'elle n'était pas consciente de son contact. « C'est dommage, dit-elle doucement, c'est vraiment dommage. Je suis vraiment désolé."

« Ne pourrais-tu pas apprendre à t'en soucier un peu ?

Elle se tourna alors vers lui, mais sa voix était toujours douce.

« Nous ne sommes pas en France, Monsieur », dit-elle froidement.

"Qu'importe?" a-t-il insisté. « L'amour ne connaît rien à la géographie. L'amour est un cosmopolite. Il ne se soucie ni du temps, ni du lieu, ni des conventions. Je tiens beaucoup à vous, Madame, et quoi que vous pensiez, cela me fait plaisir de vous le dire.

"Et Aurore ?" Patricia répéta le mot, comme le tintement d'une sonnette d'alarme.

Le baron relâcha son étreinte et baissa la tête.

Elle se pencha en avant, le coude sur le genou, regardant le feu.

"Vous savez, baron, je suis vraiment désolé pour Aurora."

Comme il ne faisait aucun commentaire, elle poursuivit :

« Elle a toujours été une enfant très douce, aimable et honorable. Je l'aime beaucoup. Elle était très seule avec ses livres et sa famille. Elle a toujours vécu dans une atmosphère qui lui était propre, une atmosphère qu'elle s'était créée elle-même, sans compagnons de son âge. Sa mère l'a élevée sans la moindre connaissance de la ruse, de la tromperie ou de la méchanceté du monde dans lequel elle devait vivre un jour. Ils parcouraient même les journaux avant qu'elle soit autorisée à les lire et coupaient les paragraphes répréhensibles. Même moi, je l'ai fait depuis qu'elle est venue me rendre visite. Son père était toujours trop occupé à gagner de l'argent pour s'en soucier. À vingt ans, elle est encore une rêveuse, vieille de quelques années, vivant dans sa propre idyle, la princesse endormie du conte de fées que toi, le vaillant prince, tu as réveillée par un baiser.

de DeLaunay bougèrent légèrement alors qu'il soupirait.

« Ce baiser, Monsieur ! Vous l'avez réveillée, poursuivit-elle, à quoi ? Elle s'arrêta brusquement et se tourna vers lui pour obtenir une réponse.

"Votre question n'est guère flatteuse pour ma vanité", dit-il en souriant. "Il y a des femmes———"

"C'est une enfant."

« Toutes les femmes sont des enfants. Je trouverai moyen de la rendre heureuse.

Patricia reprit son étude de l'incendie.

"Je l'espère. Avec de l'argent, vos chances de bonheur seraient plus grandes. Sans argent… » elle fit une pause et secoua lentement la tête.

Le baron se tourna brusquement, mais le regard de Patricia était fixé sur le feu. Lorsqu'il parlait , son ton était étouffé, ses manières étaient contraintes.

« Madame, que voulez-vous dire ?

Elle lui fit face lentement, son expression doucement sympathique.

"N'as-tu pas entendu?"

"Entendu quoi, Madame?"

– Du malheur de monsieur North, vous avez dû le voir dans les journaux…

"Les journaux! Non c'est quoi?"

"Monsieur North a perdu son argent."

DeLaunay se releva rapidement, une main devant lui comme pour parer un coup.

« Ce que vous me dites est impossible », dit-il d'une voix épaisse.

"Non," gravement. "C'est vrai."

Il la regardait incrédule, mais ses yeux rencontraient les siens calmement, avec impatience, et au fond il ne voyait que de la pitié.

« N'aurais-je pas entendu cette chose affreuse, Madame ? Aurora me l'aurait dit.

"Elle vous l'aurait peut-être dit si elle l'avait su."

"Elle ne savait pas?"

« Ils veulent lui épargner la douleur. Ils l'ont toujours fait. C'est une des raisons pour lesquelles elle s'arrête ici avec moi. Tu ne comprends pas ?

DeLaunay montrait d'autres signes d'inquiétude et marchait maintenant nerveusement sur le tapis.

"C'est incroyable!" il disait : « incroyable ! Je ne peux pas… non… » Et il s'arrêta devant elle. "Non, je ne le croirai pas!"

Patricia joignit les mains sur ses genoux et regardait le feu d'un air très grave. Elle avait l'air d'une personne qui pleure la perte d'un ami très cher.

"Comment sais-tu cela?" » demanda-t-il encore, anxieux.

« De Mme North il y a une semaine, lorsqu'elle a laissé Aurora venir me voir. Mais ce n'est plus un secret désormais, comme c'est le cas dans les journaux. Je les ai cachés à Aurora. Elle est si heureuse ici avec toi, je n'ai pas eu le cœur de faire quoi que ce soit qui puisse détruire son plaisir.

« Mais North and Company est une très grande entreprise. Si riches que même en France on en a entendu parler.

"Oui, M. North est riche depuis des années », puis avec un soupir : « C'est très triste, très, très triste. »

« Mais comment une telle chose a-t-elle pu arriver ? Il est sûrement assez sage… »

"Spéculation!" » dit simplement Patricia. « Tous nos hommes d'affaires spéculent. Même les plus âgés, les plus sages.

DeLaunay se laissa tomber sur une chaise à quelque distance, la tête dans les mains. « *Dieu !* " l'entendit-elle marmonner. « Quel pays terrible. Je ne peux pas croire--"

Patricia se leva enfin, s'approcha et posa doucement sa main sur son épaule. Elle souriait même.

« Je suis vraiment désolé, Monsieur. Bien sûr que vous le savez, n'est-ce pas ? Mais je suis sûr que tout se passera pour le mieux. Aurore t'aime. Vous devez vous rappeler que la pauvreté ne fera aucune différence dans les relations entre vous. Elle sera même heureuse d'avoir la chance d'être pauvre... elle veut être utile au monde... elle l'a dit... vous aviez même prévu cela, monsieur !

Le Français tourna juste un regard dans sa direction, un regard dans lequel le désespoir, l'inquiétude, l'interrogation et la colère se mêlaient curieusement, puis se leva et s'éloigna à grands pas dans la pièce.

"Vous vous moquez de moi. Vous savez, Madame... que... que c'est impossible... ce mariage... si... ce que vous me dites est vrai.

"J'aimerais pouvoir te rassurer," lentement.

« Quelles preuves avez-vous ?

« Ma parole ne suffit-elle pas ?

"Oui mais--"

« Vous voulez une confirmation. Très bien!" Patricia se dirigea vers la table de la bibliothèque, ouvrit son tiroir et en sortit le *Sun* and *Herald* . En les ouvrant, deux papiers découpés et une paire de ciseaux tombèrent au sol. Elle les ramassa avant que DeLaunay ne puisse l'atteindre, ouvrant les journaux, qui portaient tous deux des signes de mutilation. Et tandis qu'il se demandait ce qu'elle allait faire ou dire, elle reprit avec calme, voire indifférence. « J'avais coupé ces papiers pour qu'Aurora ne puisse pas les voir. Puisque vous professez une certaine incrédulité, peut-être préféreriez-vous lire par vous-même. Et elle les lui remit.

Il ajusta son monocle avec des doigts tremblants et commença à lire les feuillets, les lèvres remuantes, les yeux dilatés, tandis que Patricia l'observait, les yeux masqués par ses doigts. Elle le vit lire un article, puis parcourir l'autre, les lèvres serrées, son petit menton avancé.

"Cinq millions de dollars!" murmura-t-il enfin. « C'est terrible, terrible. Et il n'y aura rien du tout.

"Ça a l'air d'être le cas, n'est-ce pas ?" elle répondit. "Continuer à lire."

Et il lut le reste à voix haute, s'arrêtant à chaque phrase comme s'il était fasciné par l'horreur de celle-ci. Lorsqu'il eut lu le dernier mot, les papiers tombèrent de ses doigts sur la table à thé à côté de lui. Dans une grimace, son monocle laissa tomber le long de son cordon et il se redressa, redressant ses épaules et se redressant à sa petite taille avec l'air d'un homme qui a pris une résolution.

« Madame, dit-il plus calmement, c'est une nouvelle bien désagréable.

« C'est bien triste, n'est-ce pas ? Mais je dois vous mettre en garde contre le fait de parler à Aurora pour l'instant. La nouvelle se répand assez vite et demain il faudra peut-être le lui dire. En attendant, vous devez être doux et tendre avec elle, vous pouvez tellement la réconforter. Elle aura besoin de toute votre gentillesse maintenant, Monsieur.

Mais DeLaunay avait sorti sa montre. « Madame, je vous remercie de votre bonté envers moi, mais je suis… je suis très perturbé… je… je ne veux pas voir Miss North avant d'avoir réfléchi à ce que je dois faire. Cela vous dérangerait-il si j'allais en ville à mon hôtel… »

"Ce soir?"

"Oui ce soir."

"Elle trouvera étrange que tu partes sans un mot."

"Je—je——"

"Vous pourriez laisser un mot."

« Vous me le permettrez ? »

Patricia le regarda s'asseoir lourdement à son bureau.

« Monsieur, lui demanda-t-elle, que lui direz-vous ?

« Que je suis malade… que je… »

« Comment cela va-t-il vous aider, vous ou elle ? »

Il haussa désespérément les épaules.

« Et alors, Madame ?

«Je ne sais pas», dit-elle lentement. «C'est une note très douloureuse à écrire. Je suis vraiment désolé pour vous, désolé pour Miss North, désolé pour moi que vous ayez appris cela par mon intermédiaire. C'est curieux que personne ne vous l'ait dit » , soupira-t-elle. "Mais c'est peut-être aussi bien que tu le saches."

"Je suis reconnaissant, Madame, je ne peux pas vous dire à quel point je suis reconnaissant", commença-t-il, mais elle leva la main.

«Cela me fait mal de voir Miss North malheureuse, mais j'en sais plus sur la vie qu'elle. J'ai fait mes études en France, Monsieur, et je sais ce qu'on attend des filles américaines qui se marient dans l' *ancienne noblesse* , la *noblesse de souche* . Bien sûr, sans *point* , ce mariage est impossible.

« Oui, Madame, c'est vrai. C'est… impossible, absolument impossible.

"Aurora... Miss North croit en votre amour pour elle... elle comprendra à peine..."

DeLaunay se retourna sur sa chaise et se leva, face à l'hôtesse.

« Il ne doit y avoir aucun malentendu entre nous », résolument, « j'y vais immédiatement ».

« C'est votre décision, votre décision finale ? »

"C'est... définitif."

À ce moment- là , elle se tenait à côté de lui, au bureau, et tandis qu'elle parlait, son doigt montrait le papier et l'encre.

« Alors tu dois lui écrire ce soir… avant de partir. Il ne serait pas juste de me laisser faire. Ce n'est pas juste envers elle ou envers vous-même. Asseyez-vous, monsieur, et écrivez.

Il se laissa tomber à nouveau sur la chaise.

« Et que dois-je écrire ?

"Si je peux vous aider——" gentiment.

«J'écrirai ce que vous dites», avec un soupir de soulagement.

Alors Patricia s'assit à côté de lui et, le front troublé, dicta en anglais.

« Ma chère Miss Nord :

« J'ai appris avec horreur et consternation le grand deuil qui s'est abattu sur vous et votre famille, mais compte tenu de ce malheur, j'ai pensé qu'il était plus sage de prendre mon départ immédiatement.

« Vous comprendrez bien entendu que dans ces conditions il convient de mettre fin immédiatement à nos relations actuelles, et comme ma présence pourrait s'avérer embarrassante , je pars avec un sentiment de grand malheur. Vous connaissez sans doute les usages de mon pays en matière d'établissements, dont l'absence exclurait de ma part la possibilité d'un mariage.

"Mme. Crabb a aimablement consenti à vous présenter mes excuses et mes excuses pour mon départ brusque que je prends avec un profond regret, d'autant plus profond que j'estime profondément vos nombreuses qualités délicieuses, auxquelles vous pouvez être assuré que je ne cesserai jamais de penser avec tendresse. et des sentiments de regret… »

Patricia s'interrompit brusquement. « Je pense que c'est tout, Monsieur. Voulez-vous le terminer, comme bon vous semble ?

Le baron hocha la tête et ajouta :

« Je suis, Mademoiselle, avec la profonde assurance de mon amitié et de ma considération,

« Le vôtre,
« Louis Charles Bertram de Chartres, « Baron DeLaunay ».

Pendant ce temps, Patricia avait ordonné de préparer la valise du baron et avait téléphoné pour obtenir un break et, un moment plus tard, elle se tenait dans le couloir à toute vitesse pour l'invité qui se séparait.

« Faut-il y aller, Monsieur ? Je suis vraiment désolé. Je comprends, bien sûr. Je suis le perdant. Et avec toute la générosité d'un général victorieux dont l'ennemi n'est plus dangereux. "Si tu es gentil, tu peux me baiser la main."

Alors que DeLaunay se penchait sur ses doigts, il murmura : « Si seulement cela avait été *vous* , Madame. »

Et en un instant , il était parti.

CHAPITRE XIX

Patricia resta un moment dans le couloir à regarder le message adressé à Aurora, qu'elle tenait entre ses doigts. Puis elle se rendit au bureau récemment libéré par son invité et écrivit régulièrement pendant une heure. Sa thèse était le mariage international, et elle l'intitulait Crabb contre DeLaunay , en joignant deux documents, la note de DeLaunay et les coupures de journaux de ses adorables imprimeurs. Des bouts de papier y étaient épinglés, sur l'un desquels elle avait écrit « Pièce A » et sur l'autre « Pièce B ». Elle les scella tous dans une longue enveloppe adressée à Miss North et la remit à la servante d'Aurora avec instruction de la remettre à sa maîtresse lorsqu'elle serait montée dans sa chambre.

De son propre lit, Patricia entendit le moteur arriver et son mari fulminer dans le couloir en contrebas, le bruit de la porte d'Aurora qui se fermait et les pas lourds de Mortimer dans ses propres appartements ; puis au bout d'un moment , silence. Elle était allongée sur son lit dans le noir, réfléchissant, écoutant attentivement. Il fallut longtemps avant qu'elle soit récompensée. Puis sa porte s'ouvrit doucement et, dans l'ouverture, la veilleuse montra un visage pâle et taché de larmes et une silhouette élancée de jeune fille enveloppée dans une robe de chambre bleu pâle.

« Patrice ! » la fille sanglotait à moitié, murmurait à moitié : « Patty !

Patricia se leva dans son lit et prit la silhouette élancée dans ses bras protecteurs. "Aurora, chérie. Je t'ai attendu. Peux tu me pardonner?"

"Oui, oui", sanglota la jeune fille. "Je comprends."

«Tu étais trop bien pour lui, Aurora, ma chérie. Il n'était pas digne de toi. Et puis, après coup. "Mais alors, je ne connais pas un homme qui le soit."

Patricia poussa un soupir de soulagement. Elle pensait que ce serait plus difficile. Elle fit de la place à la jeune fille dans le lit à côté d'elle et la calma et la caressa jusqu'à ce qu'elle s'endorme.

«Pauvre Aurora», murmura-t-elle doucement. «Tu n'as jamais été destiné à une vie comme celle-là, mon enfant. L'homme que vous épouserez doit être un Américain, un bel animal jeune et en bonne santé comme vous. Je ne vous dirai pas son nom parce que si je le faisais, vous le refuseriez probablement, et bien sûr cela ne suffirait jamais. Cela doit être géré d'une manière ou d'une autre. Il est pauvre, tu sais, chérie, mais ça n'aura pas d'importance parce que tu auras assez pour les deux.

Il ne fallut pas beaucoup de temps à Aurora pour se remettre du choc de la désillusion et peu de temps après, elle se retrouva de nouveau sur les terrains de golf, avec sa joyeuse suite habituelle. Aurora avait de nombreuses vertus ainsi que des réalisations, et Patricia l'aimait beaucoup. Durant l'hiver en ville, elle lui avait offert un dîner auquel Stephen Ventnor était invité. Le plan de Patricia avait admirablement réussi, car Ventnor, après plusieurs années de fidélité indomptable aux cendres de la pleurée Patricia, avait soudainement repris vie. Il aimait tellement Aurora qu'il ne prit même pas la peine de cacher sa nouvelle émotion à Patricia. Patricia soupira, car même maintenant, le renoncement lui était difficile, mais lorsqu'elle s'installa à la campagne pour l'été, elle lui tendit le cordon pendant les week-ends pour qu'il puisse sortir chaque semaine et jouer au golf avec Aurora. ce qui montrait qu'après tout le mariage avait appris quelque chose à Patricia.

Patricia avait décidé qu'Aurora North épouserait Steve Ventnor, et cette résolution lui a valu de ne rien négliger pour mener à bien cet heureux événement. L' habile créatrice d'opportunités dont elle se souvenait faisait parfois confiance aux opportunités pour se créer. La proximité, elle le savait, était son premier lieutenant et la manière discrète avec laquelle ces deux jeunes gens étaient continuellement rapprochés devait être une surprise même pour eux-mêmes. Ventnor a pris ses deux semaines de vacances en juillet et les a passées chez les Crabbs . Patricia avait pensé que ces deux semaines auraient mis fin à cette heureuse affaire, car Aurora était sur le point de se laisser surprendre par le rebond, et Ventnor était maintenant très amoureux. Mais lorsque les vacances de Steve furent terminées et qu'il eut fait sa malle pour rentrer tristement en ville, Patricia comprit que quelque chose s'était produit qui bouleversait ses plans bien établis.

Elle n'avait jamais pensé à Jimmy McLemore. Elle les avait vus à plusieurs reprises au cours de l'été depuis les fenêtres de sa chambre, Aurora, Steve et McLemore, mais l'idée qu'Aurora ait une tendresse pour l'automate du golf ne lui était jamais venue à l'esprit. Elle regarda le départ de M. Ventnor avec des sentiments mêlés.

"Tu seras dehors samedi comme d'habitude, n'est-ce pas, Steve ?" elle a demandé.

"Oh, oui, merci, Patty," répondit-il, "Je serai absent, si tu m'acceptes. Mais ça ne sert pas à grand-chose, tu sais.

"Ne sois pas si doux, Steve!" elle a pleuré. « Tu es impossible quand tu es comme ça. Quelle utilité terrestre avez-vous faite de toute ma formation ?

Ventnor sourit tristement.

"Tu n'as pas commencé assez tôt, Patty," dit-il.

Cela plut à Patricia et elle prit la résolution mentale d'épouser Aurora, Steve devrait le faire, s'il était en son pouvoir de l'accomplir.

« Il y a quelque chose qui ne va pas avec cette fille », songea-t-elle en regardant Aurora et « le Sphynx » – comme on l'appelait familièrement McLemore – jouer au cinquième trou. «Quiconque voit quelque chose de mariable chez Jimmy McLemore devrait être soigneusement confiné derrière un mur de jardin. Jimmy! J'aurais aussi bien pensé à épouser une statue de Bouddha.

Le *Blue Wing* était hors service pour l'été. Mortimer insistait sur le fait qu'aucun homme sensé ne pouvait entretenir à la fois un grand yacht et une grande propriété à la campagne. Mais Patricia était très heureuse et regardait d'un œil jaloux le développement de la romance de Steve Ventnor. Elle fut obligée d'admettre, alors que l'été se prolongeait en automne, qu'après tout, tout cela était avant tout une question de golf.

Aurora était une folle de golf, Patricia le savait, et lorsque Jimmy McLemore réussit un putt de vingt pieds pour un « bird » au seizième trou, remportant ainsi « trois et deux » de Steve Ventnor, le championnat de golf du Country Club, Patricia se détache de la « galerie » qui suivait les joueurs et se dirige tristement vers la véranda du Club House. Penelope Wharton, sa sœur, qui aimait Ventnor, a suivi, l'image du découragement. Dans la matinée, Steve avait eu « un avantage » ; et les deux femmes avaient grand espoir que leur championne puisse accroître son avance dans l'après-midi, ou du moins la maintenir face à son redoutable adversaire, mais après les premiers trous le vainqueur avait développé une de ces « séquences » " pour lequel il était célèbre, et bien que le pauvre vieux Steve ait joué un jeu régulier en montée, la chance tournait contre lui et il savait au dixième trou qu'à moins que McLemore ne tombe dans une crise, la coupe d'or était perdue - pour cela année au moins.

Patricia réalisa également que la fameuse coupe d'or n'était peut-être pas le seul prix en jeu.

"Et maintenant," dit-elle avec colère, "elle épousera probablement cette *personne* ." M. McLemore aurait dépéri s'il avait vu l'expression dans les yeux de Patricia, car lorsque Patricia appelait un être humain une « personne », cela signifiait que ses pensées étaient inexprimables.

"Je suppose que oui", a déclaré Penelope.

« Je n'ai aucune patience avec Aurora North », a déclaré Patty, « elle manque absolument de sens des proportions. Imaginez que votre bonheur dans la vie dépende du sort d'un seul putt.

"Et Steve est *tellement* cher."

« Il l'est, c'est le pire – et ils sont parfaitement adaptés l'un à l'autre à tous égards – par la naissance, l'élevage et les circonstances. En tant que sportif,

Jimmy peut être un succès, mais en tant que gentleman… en tant qu'amant… en tant que *mari* … »

Les deux mains brunes de Patricia étaient levées en signe de protestation vers l'Olympe. « C'est odieux, Pen, une affaire pour un grand jury… ou un coroner !

"Aurora est une fille trop gentille", soupira Pénélope.

"Bon! Dans tout sauf la discrimination. C'est le danger d'être une « fille du dehors ». Plus il y a de muscle, moins il y a de matière grise. Ce genre de chose perturbe l'équilibre des pouvoirs. Patricia soupira : « Oh, j'ai essayé et je sais. Une femme trop musclée est comme une yawl trop gréée : bonne dans le petit temps, mais dangereuse dans le vent. Quel en est l'usage? Après tout, notre plus grande force est la faiblesse.

"Je suis sûr que tu n'as pas pu en convaincre Aurora, ni Steve."

"Je ne sais pas", dit lentement Patricia, "mais j'aimerais essayer."

La suite des discussions fut interrompue par l'arrivée de la foule venant de la foire, assoiffée et controversée. Steve Ventnor, en bon perdant qu'il était, avait été le premier à serrer la main à McLemore pour le féliciter, et s'il avait le cœur lourd, son visage souriant n'en laissait aucun signe. Pour le moment du moins, il avait abandonné le terrain à son vainqueur qui fermait la marche de la « galerie » avec Aurore, acceptant les poignées de main à droite et à gauche avec la dignité immuable qui lui avait valu son sobriquet de « Sphynx ». Sur les marches de la véranda, Mortimer Crabb le prit en remorque et l'amena à la table où Penelope et Patricia absorbaient tristement de la limonade.

"Dommage, Steve", dit Patricia avec un éclat qui ne parvenait pas à tromper. « Personne n'ayant que du sang dans les veines ne peut espérer rivaliser avec un bélier hydraulique. C'est un merveilleux mécanisme – Jimmy l'est – mais je suis toujours torturée par la peur qu'il oublie de se réveiller un matin. Mort, tu n'aurais pas pu mettre un peu de sable dans ses repères ?

"Oh, il a beaucoup de sable", dit généreusement Crabb.

"C'est un excellent golfeur", a déclaré Steve en regardant Patricia d'un air réprobateur. "C'est le meilleur homme, c'est tout."

Il a coulé à côté de Patricia pendant que Crabb demandait à un steward de prendre les commandes.

«Non», marmonna Patricia. "Pas ça, pas le meilleur homme, seulement le meilleur golfeur, Steve." Et puis avec un changement de manière soudain et mystifiant : « Savez-vous pourquoi il porte toujours un gilet cramoisi ?

"Non, je n'y ai jamais pensé", répondit Steve.

"C'est très... peu... euh... non professionnel, n'est-ce pas ?"

"Ce n'est pas ce qu'un homme porte qui gagne des trous, tu sais, Patty."

"Oh, non," dit-elle négligemment, "je me demandais juste..."

Mortimer Crabb, hôte non officiel de l'occasion, avait fait signe à Aurora et McLemore, qui se joignaient désormais à la fête. Steve Ventnor se leva alors que la jeune fille s'approchait et que leurs regards se croisèrent. Les yeux d'Aurora étaient de couleur lapis-lazuli, mais le bronzage profond de sa peau les faisait paraître plusieurs nuances plus claires. C'étaient de beaux yeux, très clairs et expressifs, et dans des moments importants comme ceux-ci, ses longs cils masquaient efficacement ce qui aurait pu être lu au fond.

"Je suis désolée, Steve," dit-elle doucement. "Vous n'aviez pas assez de pratique."

"Êtes vous vraiment?" » demanda Steve. Il pencha la tête en avant et dit quelque chose pour les seules oreilles d'Aurora, ce qui fit que ses paupières s'abaissaient encore plus et que les extrémités de ses lèvres se courbaient modestement. Mais elle ne répondit pas et se tourna avec un soulagement évident lorsque Crabb lui fit une suggestion hospitalière.

Patricia a regardé la pièce avec intérêt. Elle avait suivi la romance avec des sentiments mitigés, car il était évident que le triangle qui avait été équilatéral au printemps était maintenant déformé de toute apparence par rapport à sa forme ancienne, et le pauvre Steve en subissait le pire. La raison était claire. Le Sphynx était riche et pouvait donc se permettre de jouer au golf avec Aurora tous les jours de l'année s'il le souhaitait, tandis que Steve Ventnor, qui passait ses heures à vendre des obligations en ville, devait profiter au maximum de ses samedis et dimanches après-midi. C'était vraiment dommage.

Mais le Sphynx ne fit que sourire de son sourire sans humour et continua à jouer au golf pendant la semaine où Ventnor était au travail. La proximité avait causé un dommage que même Patricia, malgré toute sa mondanité, ne trouvait pas les moyens de réparer. Mais elle s'est jointe avec bonne humeur aux toasts au nouveau champion du club qui acceptait ses honneurs avec négligence, gardant entre-temps ses yeux rivés sur la veste cramoisie de Jimmy McLemore. Ce gilet faisait partie du golf de Jimmy, autant que ses lunettes tauriques , son mouvement préliminaire sur le tee ou sa précision exaspérante sur le green. Cela la fascinait d'une manière ou d'une autre, presque à l'exclusion de la gaieté à laquelle elle participait légitimement.

La coupe d'or fut sortie et passée de main en main. Lorsqu'il arriva à Patricia , elle le regarda intérieurement et extérieurement, lut tranquillement l'inscription, puis la tendit négligemment à sa voisine.

"Chaste et assez cher", fut son commentaire.

"Oh, je pense que c'est magnifique", dit Aurora d'un ton de reproche.

« *Chaque enfant à son gou gou* , ma chère, dit Patricia. « Tu sais, Aurora, je n'ai jamais approuvé les prix de golf, surtout ceux qui ont de la valeur. Après tout, le golf n'est qu'un jeu, pas une religion. C'est l'habitude dans ce club d'envisager une coupe de golf avec le même genre d'œil qu'on porte à une éventuelle place au Paradis.

Même Steve Ventnor a trouvé les remarques de Patricia de mauvais goût.

"Si Jimmy joue au jeu de la vie comme il joue au golf aujourd'hui", a-t-il ri, "il aura un halo de dix-huit carats, et ne vous y trompez pas."

"Petit pâté!" s'exclama Miss North d'un ton réprobateur. « Vous savez que vous ne croyez pas un mot de ce que vous dites. Vous aimez les prix de golf. Pourquoi vous donnez toujours la Bachelors' Cup, et cette année vous avez présenté la coupe des « Affinity Foursomes ». En plus, tu as toi-même gagné au moins trois prix.

«Je me suis réformée», dit Patricia d'un ton décisif. « J'ai perdu patience avec le golf. Je n'ai aucun intérêt pour un jeu qui nécessite l'élimination de tous les attributs humains.

"De quoi tu parles?"

« On ne peut pas être entièrement humain et jouer au golf, c'est tout », a-t-elle annoncé.

"C'est dur pour McLemore", a ri Mortimer.

« C'est humain d'être irrité, humain d'être en colère, humain d'être nerveux, humain de faire des erreurs. Je n'ai aucune patience avec les gens qui ne peuvent pas se mettre en colère.

"Je risque de perdre le mien, si vous continuez à m'insulter", dit le Sphynx avec affabilité.

"Tu ne pouvais pas, Jimmy", dit sobrement Patricia. "Quiconque peut se classer dixième, onzième et douzième sur onze en jouant dans deux bunkers ne se mettra jamais en colère dans ce monde – ni dans quoi que ce soit d'autre", a-t-elle ajouté, à voix *basse* .

"Il n'y aura donc plus de Bachelors' Cups ?"

« Pas si je peux l'aider. Du moins pas pour le jeu ancien et honorable tel que nous y jouons actuellement. Cet automne, la Bachelors' Cup se jouera dans tout le pays. Les membres du groupe l'examinèrent comme s'ils pensaient qu'elle avait soudainement perdu la raison - tous sauf son mari, qui savait qu'en étant surpris par Patty, on gaspillait une énergie précieuse, mais même Mortimer était légèrement curieux.

« À travers le pays ! » ils ont demandé.

"Exactement. Je vais investir le jeu d'un réel intérêt sportif, développer les possibilités du niblick, éliminer le purement mécanique, introduire une part de hasard plus forte. Le parcours sera aménagé comme un « drag ».

"Avec un sachet de graines d'anis ?" » demanda Crabb.

Patricia a flétri son mari d'un regard. « Avec des bouts de papier », affirmat-elle fermement. "Le parcours s'étendra sur quatre milles dans un bon pays de chasse."

"Vous ne pouvez pas le penser", a déclaré McLemore.

"Je fais. C'est tout à fait réalisable.

"Oui mais--"

"C'est une bonne proposition sportive", a déclaré Aurora North, suscitant soudainement un certain intérêt. "Pourquoi pas?"

Ventnor et McLemore souriaient seulement avec amusement, comme de vrais golfeurs.

« Oh, vous pouvez rire, vous deux. Pourquoi ne pas faire un essai ? Juste pour que ce soit intéressant, j'offrirai une coupe au champion et vice-champion du Club. Ce sera une jolie tasse, et Aurora et moi le caddierons.

"Volontièrement", rit Aurora.

Là, l'affaire s'est arrêtée. C'était une blague, bien sûr, et les deux hommes s'en rendaient compte, mais toute blague à laquelle Aurora North participait était une blague pour eux. Une semaine s'est écoulée avant que Patricia ne termine ses projets et pendant ce temps , tout le monde avait oublié son incroyable proposition. Ce fut donc avec surprise et non sans amusement que McLemore et Ventnor reçurent la délicate notification écrite de la main de Patricia, qui les informait que le match de cross-country se jouerait le jeudi après-midi suivant, à deux heures. Jimmy McLemore a souri en regardant une photo sur le bureau de sa bibliothèque, mais plus tard dans la journée, après une conversation téléphonique avec Aurora, il a sorti une purée et un lourd fer à repasser de son sac et est sorti dans son propre pâturage pour vaches.

pratique. Steve Ventnor, dans son bureau en ville, retourna la note entre ses doigts et fronça les sourcils. Jeudi a été sa journée la plus occupée, mais il s'est rendu compte qu'il avait tenu sa promesse et que si McLemore jouait , il le devait. C'était une affaire très stupide. Plusieurs choses l'intriguaient cependant. Que voulait dire Patricia, par exemple, par les lignes absurdes au bas de son invitation ? « Aurora sera votre cadet ; et ne portez pas de gilet cramoisi, cela ne sert à rien.

Sur un bout de papier ci-joint se trouvaient les *règles locales* :

(1) La première balle et toutes les quatre balles suivantes peuvent être jouées depuis un tee en caoutchouc.

(2) Une balle dans l'eau « occasionnelle » peut être relevée et lâchée sans pénalité.

(3) Les ruisseaux, les étangs, les rochers, les clôtures, etc. constituent des dangers naturels et doivent être surmontés comme tels.

(4) Une balle perdue signifie la perte d'un coup, mais pas de la distance. Une balle peut être droppée à moins de vingt-cinq mètres de l'endroit où la balle a disparu.

(5) *Le match doit être terminé* dans les quatre heures. Le compétiteur qui, pour une raison quelconque, ne parvient pas à terminer perd le match.

Steve Ventnor a souri en lisant, mais malgré son sens du golf, qui ne ressemble à aucun autre sens au monde, il s'est senti doucement réchauffé par le projet. Il irait bien sûr, car Aurora devait le remplacer.

CHAPITRE XX

Même Mortimer Crabb fut exclu de ce charmant déjeuner à quatre. C'était très informel et la joie était grande aux dépens de Patricia, mais à travers tout cela, elle souriait calmement devant leur scepticisme - comme Colomb à Salamanque a dû sourire, s'il l'a jamais fait, ou Newton ou Edison, ou n'importe quel autre des grands innovateurs du monde. .

« Le golf de cross-country », a-t-elle continué à affirmer fièrement, « est le golf de la nouvelle ère ».

"Tu le penses vraiment, Patty?" » demanda sérieusement Aurora, lorsque les hommes furent montés se changer.

" Bien sûr que oui, Aurora. Le Jeu Antique et Honorable a ses limites. Le golf de fond n'en a pas. Vous verrez, ma chère, dans dix ans, ils joueront des matchs à distance entre New York et Philadelphie – le moins de coups en un minimum de temps – ce *sera* un jeu.

"Et qui paiera pour les balles perdues ?" demanda Aurore en riant.

"Cela, Aurora", répondit Patricia avec une touche de dignité, "est quelque chose qui me préoccupe vaguement."

Les hommes descendirent les escaliers habillés pour la mêlée, avec un large sourire, et Patricia, après un coup d'œil au gilet rouge de McLemore, prit son sac de golf d'un air professionnel et ouvrit la voie à la terrasse. Le Sphynx cligna des yeux à travers ses lunettes tauriques en voyant son dos insensible se profilant dans l'embrasure de la porte, mais comme Aurora avait pris le sac de Steve, il le suivit docilement, se soumettant à l'inévitable. Dehors, Patricia indiquait une faille dans la rangée d'érables qui bordait son potager, à travers laquelle on apercevait au-delà l'étendue brune de la prairie.

« Le trajet passe par là. Vous obtiendrez les repères de direction pour votre seconde. La distance est de quatre milles. L'arrivée se fait sur la pelouse d'Aurora, le putting-green près du portique arrière de la maison. Partez, messieurs.

L'honneur revenait à M. McLemore. Avec un sourire triste, moitié de pitié et moitié de protestation pour sa dignité de golfeur outragé, il prit son sac des mains de Patricia et, avec une frugalité qui lui faisait honneur, retourna le sac sur la pelouse, déversant un mélange de vieilles balles qui il avait économisé pour les coups d'entraînement. En sélectionnant une demi-douzaine, il en fourra cinq dans ses poches, remit les plus récents dans son sac et, méprisant le t-shirt en caoutchouc que lui offrait Patricia, laissa tomber une balle par-dessus son épaule et sortit sa balle de son sac. Chaque acte était sportif – une belle expression de l'esprit golfique.

L'allée allait tout droit et ils le virent rebondir coquettement dans la prairie au-delà. Steve, avec la munificence que seule la pauvreté connaît, sortit une nouvelle balle, prit le tee en caoutchouc et, avec son chauffeur, descendit d'un long et bas qui dégagea les buissons et disparut au sommet de la colline.

« Une nouvelle ère du golf a commencé », a déclaré Patricia avec un air de prophète.

"Si jamais je trouve ma balle", a déclaré Ventnor d'un ton dubitatif.

"Qu'importe, Steve, tant que tu écris l'histoire?" rit Aurora en jetant un regard sournois à leur hôtesse.

Patricia, imperturbable, se dirigea vers une brèche dans la haie et sortit au soleil où elle leva un parasol cramoisi que personne n'avait remarqué auparavant.

«Mon teint», expliqua-t-elle à Aurora. « On ne peut pas être trop prudent quand on arrive à… euh… trente ans. En plus, ça va avec le gilet de Jimmy.

L'herbe du pâturage était courte et McLemore jouait de son brassey, son cadet lui indiquant le terrain de l'autre côté, qui tombait doucement jusqu'à un ruisseau qu'il ne pouvait pas atteindre.

"J'ai réussi celui-là", a déclaré McLemore, ravi de sa tâche. "Ce n'est pas vraiment mal du tout."

Patricia sourit avec reconnaissance, mais ne répondit rien, car Steve, un peu plus loin, était dans un trou et dut jouer avec un mashie, ce qu'il fit avec une habileté consommée, la balle dévalant la colline à trente mètres de chez McLemore.

Du sommet de la colline, ils pouvaient facilement voir la ligne du jeu de piste que Patricia avait tracé lors de son parcours hier. Il s'étendait à l'extrémité inférieure des prairies de Renwick le long de la route, traversant deux ruisseaux, bordé de saules et menait directement à la carrière de pierre de Waterman. Ventnor joua un fer médian prudent qui franchit le ruisseau et bondit en avant dans la prairie au-delà ; mais McLemore s'est dépassé en essayant de prendre de la distance et a trouvé le ruisseau, perdant sa balle et deux coups; mais il partit, après en avoir joué cinq et en avoir posé six au fond du pré, à distance de transport du deuxième ruisseau. Mais Steve, jouant régulièrement, le dépassa avec son quatrième, un long tir clair qui tomba juste avant le ruisseau.

Au-delà du ruisseau se trouvait la colline menant à la carrière, trois plans pour McLemore, deux longs pour Ventnor. Avec un excellent jugement, McLemore a joué en toute sécurité au-dessus du ruisseau avec un fer moyen, atteignant le bord de la carrière en deux autres, ce qui lui a donné une chance de prendre le départ sur son neuvième pour le long trajet à travers. Steve Ventnor a eu moins de chance, dribblant son sixième en haut de la colline, à cinquante mètres de la carrière, dans laquelle, essayant un long tir clair pour la dégager, il s'est malheureusement enfoncé. Il attendit de voir le Sphynx lancer soigneusement sa balle et l'envoyer directement sur le parcours indiqué par Patricia, puis, prenant le sac de son caddy, l'aida à s'engager dans le chemin qui zigzaguait jusqu'à l'endroit où se trouvait sa balle, une centaine de pieds plus bas.

Patricia et le Sphynx avaient choisi le chemin le plus court à travers les bois à l'extrémité supérieure et Steve et Aurora étaient seuls.

Au bas de la pente, derrière un rocher en saillie, Steve s'arrêta et fit face à son compagnon.

« Aurora », dit-il.

"Oui, Steve."

"Est-ce vrai que tu vas épouser McLemore?"

Aurora cueillit une fleur qui poussait sur un rebord à côté d'elle avant de répondre.

"Pourquoi demandez-vous?"

« Je pensais que j'aimerais savoir, c'est tout. Les gens disent que tu es… »

" *Je* ne l'ai pas dit."

"Alors," avec empressement, "tu ne l'es pas ?"

"Je ne vois pas de quel droit vous demandez."

"Je ne l'ai pas fait, seulement j'ai pensé que j'aimerais être le premier à le féliciter."

"Oh, c'est tout ?"

« Et j'ai pensé que j'aimerais te redire que je t'aime mieux que quiconque – et que je le ferai toujours, même si tu l'épouses. C'est un garçon très gentil mais… mais je serai très malheureux…

"Veux-tu? Je n'y crois pas.

"Pourquoi dites vous cela?"

« Parce que tu es trop cool avec ça. Vous ne penseriez pas qu'il est si gentil si vous étiez jaloux de lui. Pourquoi n'as-tu pas joué davantage avec moi cet été ?

«J'ai dû travailler, tu le sais. Quel en est l'usage--"

"Si tu m'aimes comme tu le dis, je ne vois pas comment tu pourrais être si cool de... de nous voir ensemble..."

« Peut-être que je n'étais pas aussi cool que j'en avais l'air. Regarde ici, Aurora, tu ne dois pas parler comme ça. Il s'était retourné et avant qu'elle ait pu lui échapper, il l'avait prise dans ses bras et l'avait embrassée. « Ne dis pas que je suis cool. Je t'aime, Aurora, avec chaque once qu'il y a en moi. Je te veux plus que je ne pourrai jamais vouloir quoi que ce soit dans ce monde ou dans l'autre. Je ne vais pas te laisser épouser cet homme ou n'importe qui d'autre, tu comprends ?

Elle avait cédé un instant à sa chaleur car il ne semblait y avoir rien d'autre à faire. Mais quand elle se dégagea lentement de ses bras et lui fit face, ses yeux étaient humides et la couleur brillait à travers son bronzage.

"Steve!" balbutia-t-elle. « Steve ! – comment as-tu pu ? »

Mais il lui faisait toujours face avec passion, sans se laisser intimider. « C'est vrai, » dit-il d'une voix rauque. "Je t'aime, tu ne peux pas l'épouser, je ne te laisserai pas..."

Il fit un pas en avant mais cette fois elle recula.

« Ne le fais pas, Steve – pas encore – pas maintenant – tu ne dois pas. Ils vont sortir au grand jour dans un instant. Je ne dirai plus jamais que tu es cool, jamais, après ça. Vous n'êtes pas cool – pas du tout – je me suis trompé. Je ne t'ai jamais vu comme ça auparavant, tu es différent... »

"Tu me l'as fait faire. Je ne supportais pas que tu dises que je m'en fichais. Je ne suis pas désolé, poursuivit-il, il ne pouvait pas t'aimer comme je le fais.

"Je pense que tu as peut-être raison", dit froidement Aurora. "En attendant--"

"Tu ne veux pas me donner une réponse?"

"En attendant," continua-t-elle en lissant ses cheveux en désordre, " vous êtes censé jouer au golf de la Nouvelle ère ..."

« <u>Vous êtes censé jouer au golf de la Nouvelle Ère. '</u>»

"Aurore--"

"Non", elle avait pris son sac de golf et s'éloignait.

"Tu ne veux pas me répondre?" il a plaidé.

"Sortez votre balle de cette carrière", dit-elle sans relâche, "et j'y réfléchirai."

Il a fallu treize coups à Steve Ventnor pour sortir de cette carrière, ce qui, pour un gars avec un record de soixante-douze coups à Apawomeck , « y allait ». Le premier coup, il a raté net; le second, il l'a découpé dans un talus d'argile ; son troisième heurta les rochers et bondit contre le mur derrière lui, trouvant enfin refuge dans des buissons où il en prit trois autres. Pour aggraver les choses, Aurora se moquait de lui, hystériquement et sans retenue, et Patricia et le Sphynx, apparus sur le chemin au-dessus, se joignaient à la réjouissance.

"Oh, je vais lever", grogna-t-il enfin.

"Vous ne pouvez pas", rit Aurora. "C'est contraire aux règles." Et Patricia a fait appel, a confirmé la déclaration.

Il fit encore trois coups, chacun d'eux dans des mensonges impossibles, dont le dernier brisa son niblick. Après cela s'ensuivit une période d'étrange calme – de désespoir, pendant qu'il dirigeait sa balle vers un bon emplacement de l'autre côté de la carrière d'où, d'un beau coup de mashie, il la soulevait au-dessus des falaises et à l'air libre au-delà.

Steve Ventnor a gravi la colline avec lassitude, sur les talons de son cadet, luttant pour retrouver son sang-froid. Il rattrapa Aurora à mi-hauteur où il prit le sac de golf de son épaule et lui fit de nouveau face.

"Tu ne veux pas me répondre, Aurora?" » plaida-t-il, à bout de souffle.

"Non, je ne le ferai pas", dit-elle calmement. « Vous avez juré – horriblement – dans les buissons.

"Je ne l'ai pas fait."

"Je t'ai entendu," fermement. « Je n'épouserai jamais un homme qui jure », et elle poursuivit son chemin. Lorsque Ventnor rejoignit les autres, il trouva Patricia assise sur un rocher constituant la partition qui était actuellement : Ventnor — 20 ; McLemore—9.

« Comment ça te plaît, Steve ? » » demanda Patricia, réfléchissant toujours.

"Oh, c'est génial!" dit Steve ironiquement en levant son niblick brisé. "J'aime le granit, il est tellement spongieux."

"J'ai bien peur que tu aies un mauvais caractère, Steve."

Mais Ventnor avait sorti sa pipe, l'avait allumée et se dirigeait maintenant avec obstination vers sa boule.

La chance lui a été favorable lors de sa volée suivante, car en jouant deux fers moyens en bas de la colline, il a atteint le pré plat en contrebas en toute sécurité, tandis que McLemore a découpé son deuxième dans une rangée de cadres chauds, où un horticulteur indigné et deux chiens ont contribué à un jeu mental intéressant. danger. Mais le Sphynx a remis au fermier un dollar en échange de sentiments lacérés et de verre, et le match a continué. Au-dessus du ruisseau, McLemore en gisait treize, après avoir « envoyé » son tir dans le ruisseau, mais jouant régulièrement après cela, il atteignit le sommet de la longue colline devant eux, en toute sécurité sur quatre autres ; tandis que Ventnor perdait sa balle dans les buissons et jouait désormais vingt-cinq.

CHAPITRE XXI

À partir de là, la chance a varié et à la ferme de Stockbridge, le score était de McLemore, 21 ; Ventnor, 30 ans. Cela semblait une avance difficile à surmonter, car le Sphynx jouait droit avec un fer moyen, tandis que Steve, dont le seul espoir résidait dans la distance, avait tiré deux fois dans l'herbe rugueuse, ce qui lui avait coûté des balles perdues et des coups supplémentaires. . Ce qui était étonnant, c'était de savoir comment il jouait, car Aurora avait refusé de l'épouser trois fois au cours des vingt dernières minutes. Le résultat était inévitable, et ainsi, comme l'homme de l'adage, après avoir joué trente-huit coups, il « s'envola dans les airs », ratant coup après coup et renonçant à toute prétention à être pris en considération, continuant à jouer uniquement parce que le destin semblait l'exiger. de lui.

A la clôture de Van Westervelt, les deux hommes descendirent du « bon », atterrissant bien au milieu du pâturage et s'étaient avancés dans le champ, leurs caddies serrés derrière eux, quand de l'abri d'un bosquet d'arbres le long du ruisseau à leur à gauche, une ombre émergea. Aurora l'a vu en premier.

«C'est un taureau», dit-elle.

"Non, ce n'est qu'une vache", risqua le Sphynx, dont les lunettes tauriques n'étaient pas adaptées aux distances ni aux taureaux.

"Je suis sûre que c'est un taureau", répéta Aurora.

Steve jeta un coup d'œil à la bête par-dessus son épaule, puis sortit un brassey de son sac.

« Il ne nous dérangera pas », marmonna-t-il. Mais l'animal s'approchait majestueusement, s'arrêtant de temps en temps pour gratter la terre avec ses sabots de devant et projetant un nuage de poussière sur son dos.

"C'est ton parasol, Patty", dit Aurora.

"Ou le gilet de Jimmy", ajouta Patricia.

"Vous feriez mieux de courir, vous et Aurora", dit Ventnor. "Vous pouvez facilement réaliser la clôture."

"Et toi?"

«Je vais jouer ce coup. C'est le plus joli mensonge que j'ai eu de la journée.

« Viens, Aurora », dit Patricia en reprenant son sac. « Il n'y a pas de temps à perdre. Il vient vraiment par là », et rassemblant son sac de golf et ses jupes, elle courut. Le Sphynx, quant à lui, toujours tenant son fer à la main, était indécis. Sa balle était vingt mètres plus loin, et ses yeux se tournèrent avec inquiétude du taureau vers un vieux pommier à proximité. À ce moment-là, les femmes avaient atteint un échauffourée commode et s'y perchaient en criant.

"Courez, Steve!" ils ont pleuré. "Il arrive!"

Ventnor, qui s'adressait à sa balle, leva les yeux un instant puis se balança. C'était le plus joli coup qu'il avait réalisé de toute la journée, car le ballon partait avec une trajectoire basse et montait en flèche, franchissant la clôture de l'autre côté du terrain, sur une distance de deux cents mètres, et atterrissait dans le pré suivant. Puis il se retourna, gourdin à la main, et regarda le taureau qui se tenait maintenant à vingt pas de là, les regardant méchamment. Il était trop tard pour courir vers la clôture et, comme McLemore, Steve regardait le pommier avec nostalgie. Mais il brandissait vaillamment son brassey et se préparait à sauter de côté si le taureau baissait la tête et se précipitait sur lui. C'est à ce moment que Jimmy McLemore, blanc comme un drap, se décide à s'enfuir. Le gilet rouge de Jimmy décida de l'affaire, et méprisant Ventnor, avec un mugissement qui donnait des ailes aux pieds de Jimmy, la brute baissa sa tête épaisse et chargea, passant comme une tornade sous le membre vers lequel McLemore s'était enfui pour se mettre en sécurité. Steve Ventnor oublia d'avoir peur et resta appuyé sur sa massue en hurlant de rire, car la dignité du Sphynx avait toujours été une chose effrayante et merveilleuse pour lui. Il entendit les voix des femmes derrière lui, le suppliant de s'enfuir, mais dans son cœur, Steve Ventnor prit la ferme résolution de ne pas s'enfuir. Il n'avait aucune dignité à perdre comme celle de Jimmy, mais le spectacle que Jimmy offrait le décida. Il lui fallut une certaine force d'esprit pour modérer son allure tandis qu'il ramassait l'ombrelle rouge de Patricia et se dirigeait vers la clôture. Le taureau cependant refusa de se laisser distraire et resta debout à piaffer le sol sous le pommier, beuglant sous la semelle des bottes du Sphynx et faisant des ravages dans le magnifique fer intermédiaire de Campbell, qui était la seule chose de Jimmy qu'il pouvait touche.

Les femmes sur le montant riaient, Patricia franchement, de manière incontrôlable, Aurora nerveusement, regardant Steve alors qu'il retrouvait une étrange petite ride anxieuse entre ses sourcils.

«Je n'ai aucune patience avec toi», dit-elle. "Vous auriez pu être encorné à mort."

Ventnor riait toujours. «Je n'ai jamais vu Jimmy courir auparavant», a-t-il déclaré. « Nous devrons le sortir de là d'une manière ou d'une autre. Je pense que je vais essayer avec le parasol de Patricia.

Mais Patricia le lui arracha rapidement des mains. Son petit drame s'était déroulé bien mieux qu'elle ne l'avait jamais espéré, et elle n'avait pas l'intention de le gâcher maintenant.

« Rien de tout cela », s'écria-t-elle. "Vous pouvez faire ce que vous voulez de votre peau, mais c'est un très bon parasol français, et c'est le mien." Et elle l'a mis derrière son dos.

Pendant ce temps, le Sphynx jetait des pommes sur la brute au-dessous de lui et criait des anathèmes, qui roulaient tous deux depuis le dos imperméable de l'animal, tandis qu'il tournait avec colère autour de l'arbre, sur lequel il montrait toute disposition à grimper. De comédie tragique, la scène avait dégénéré en farce la plus vaste.

"C'est comme si Sothern jouait un rôle dans celui de Georgie Cohan", commenta gentiment Patricia. "Est-il susceptible d'être là toute la journée ?"

"On dirait bien", dit Aurora, luttant entre l'anxiété et le rire. "Nous devrions vraiment faire quelque chose."

Mais Patricia s'était confortablement installée sur la traverse supérieure de la clôture. Les choses allaient vraiment à son goût.

"Quoi?" elle a demandé.

« Parlez-en à quelqu'un. Il y a un chariot qui arrive dans cette direction maintenant.

"Mais qu'en est-il de la Coupe de cross-country ?" en regardant sa montre. "Il ne reste qu'une heure et demie pour terminer."

"Mais nous ne pouvons pas le laisser là-haut", dit Steve plus sérieusement. "Ce taureau sera là jusqu'à ce que les vaches rentrent à la maison."

« Jimmy est parfaitement en sécurité », a déclaré Patricia, « à moins qu'il ne s'endorme et ne tombe ; et il ne peut pas mourir de faim à moins de jeter toutes les pommes au taureau.

"Patty, tu es sans cœur", dit Aurora, mais elle rit en disant cela.

Le fermier qui arrivait dans le chariot comprit la situation d'un coup d'œil et, riant plus fort que n'importe lequel d'entre eux, consentit finalement à se rendre à la basse-cour et à le dire au fermier.

« Cela ne servira à rien », dit-il sagement. « Ce taureau ne reviendra pas tant qu'il n'aura pas suivi les vaches au moment de la traite. Il pourrait arrêter avant ça, je ne sais pas . Mais je ferai ce que je peux. Et avec un gazouillis laconique à son bourreau, il partit en direction de la basse-cour des Van Westervelt .

Le groupe de trois le suivit des yeux jusqu'à ce qu'il disparaisse dans un nuage de poussière, puis examina le pommier auquel pendaient désespérément les jambes du Sphynx. Le reste était caché parmi les feuilles.

« Jusqu'à ce que les vaches rentrent à la maison », dit solennellement Patricia, et toutes trois éclatèrent de rire sans vergogne en se regardant dans les yeux. Et c'est avec ce rire que la franc-maçonnerie fut établie. Cela se lisait clairement dans les yeux d'Aurora. L'effondrement de la dignité de Jimmy avait été trop pour son propre sens de la gravité.

Patricia, quant à elle, avait sorti sa montre. « Ceci, mes chers enfants, dit-elle en désignant d'un geste fin le pommier du Sphynx, est un des aléas du nouveau jeu de golf. Il ne reste qu'une heure et demie pour terminer. Jouez le jeu, vous deux, je dois attendre.

"Ce ne serait pas une question de sport", a déclaré Steve, luttant contre le désir d'obéir.

« J'aimerais savoir qui est un aussi bon juge des règles d'un jeu que son inventeur », a déclaré Patricia. « Ai-je raison, Aurore ?

À ce moment-là, Aurora touchait la sangle du sac de golf de Ventnor. "Oui", a-t-elle décidé, "comme le dit Patricia, c'est dans le jeu."

Steve lui jeta un coup d'œil rapide et joyeux, mais sa tête était baissée et elle descendait déjà les marches de l'échalier et marchait le long de la route en direction du pré attenant. Les yeux de Ventnor rencontrèrent ceux de Patricia pendant une fraction de seconde de télégraphie sans fil, après quoi Steve descendit les marches et suivit son chariot.

Le toit à pignon de la maison d'Augustus North était visible au-dessus des arbres à peine à 800 mètres, mais le jeu de piste y conduisait par des chemins détournés et isolés, que Steve Ventnor et son cadet suivaient scrupuleusement. Plusieurs fois sur le chemin, ils s'arrêtèrent à l'ombre des arbres, et il ne restait que quelques minutes avant que Steve ne dévale son putt. Il ne lui avait fallu que cent trois tirs pour parcourir ces neuf cents mètres en une heure et quarante minutes. Son cadet les comptait ; ce qui ne faisait que prouver qu'elle était une personne consciencieuse, car dans les circonstances, tenir une comptabilité était une affaire difficile.

Perchée sur son montant, Patricia attendait avec une patience souriante « que les vaches rentrent à la maison », tandis que Mortimer Crabb, qui avait été prévenu par téléphone du désastre, arrivait pour voir le dernier chapitre de la perte de Jimmy McLemore. Car le fermier est venu et, à quelques peines, l'a extrait de son poste périlleux. Les Crabbs ont conduit McLemore chez lui dans leur moteur, puis ont couru vers les Nords pour entendre comment s'était terminé le match de cross-country. L'heureux couple les rencontra sur les marches.

"La balle est dans le trou, Patty, ma chère", a déclaré Steve Ventnor. « Est-ce que je gagne la Coupe ?

"C'est vrai", dit Patricia en regardant sa montre, "à trois heures et demie environ. Et c'est une coupe d'amour, Steve, avec des Cupidons et tout, je l'ai fait faire spécialement pour toi et Aurora.

Aurora embrassa Patricia avec enthousiasme.

"Comment saviez-vous, Patty, que ce serait Steve?"

« La chose la plus simple qu'on puisse imaginer ! Parce que Steve est le garçon le plus adorable qui soit jamais né, à l'exception de Mort, et puis tu sais, Aurora, tu n'aurais pas pu épouser Jimmy !

"C'est vrai", dit Aurora en pensant aux jambes de Jimmy dans le pommier, "je ne pouvais vraiment pas."

Steve a refusé de retourner dîner chez les Crabbs , alors les créateurs d'opportunités sont partis seuls. Mortimer roulait lentement dans le crépuscule grandissant et Patricia restait silencieuse.

"Es-tu heureuse, Patty?" » demanda-t-il enfin.

"Non, bien sûr que non," dit Patricia en lui pinçant l'oreille, "tu sais que je ne suis jamais contente de toi, Mort."

« N'en avez-vous pas un peu marre de mettre de l'ordre dans le monde ?

"Oh oui. Mais les jeunes sont *tellement* provoquants. Ils ne peuvent jamais prendre leur propre décision, et vous savez que *quelqu'un* doit le faire à leur place.

« Ne vous êtes-vous jamais demandé comment le monde continuerait sans vous ?

"Non, mais parfois je me demandais comment tu ferais."

"JE? Ah ! Je ne m'entendrais pas du tout. Et pourtant, vous savez qu'il y a une responsabilité à être marié à une Dea ex Machina.

"Quoi s'il vous plait?"

"Les machines pourraient tomber en panne."

"Et puis?"

"La déesse peut finir dans le fossé."

"Mort!"

"Ou fais-toi éclater, tu t'en es approché, Patty."

"Je ne l'ai pas fait, Mort… jamais."

"Que diriez-vous--?"

Il allait dire John Doe, mais elle posa ses doigts sur ses lèvres pour qu'il se contente de marmonner.

"Non, Mort, je suis une déesse prudente, une chauffeuse extraordinaire."

"J'en suis sûr, mais———"

"Mais quoi?"

"Aucune voiture ne peut supporter aussi longtemps hors du garage."

"Tu es une vieille chose idiote." Elle soupira confortablement et pencha sa tête sur son épaule. Au bout d'un moment, elle reprit la parole. "Je pense que tu as tout à fait raison, Mort."

« N'êtes-vous pas fatigué de créer des opportunités pour les autres ? »

Elle émit un son qu'il comprit.

"Je le suis un peu, tu sais, Patty", a-t-il ajouté. Le moteur ronronnait doucement alors qu'il quittait une route de campagne pour rejoindre l'autoroute à péage.

« Que diriez-vous si nous commencions à créer des opportunités les uns pour les autres ? »

Elle a commencé en riant.

«Je n'y avais jamais pensé», dit-elle. "Quand allons-nous commencer?"

« Tout de suite, Patty. Si vous m'en donnez l'occasion, » et il l'embrassa, « j'en serai le voleur. »

Mais elle l'a capturé aussitôt.

LA FIN.